HUAN HU BENG KUI

环湖崩溃

杨志军 著

青海人民出版社

图书在版编目（CIP）数据

环湖崩溃 / 杨志军著 . -- 西宁 : 青海人民出版社 , 2020.7
（杨志军藏地小说系列）
ISBN 978-7-225-06007-1

Ⅰ . ①环… Ⅱ . ①杨… Ⅲ . ①长篇小说—中国—当代 Ⅳ . ① I247.5

中国版本图书馆 CIP 数据核字 (2020) 第 136594 号

杨志军藏地小说系列
环湖崩溃
杨志军　著

出 版 人　樊原成
出版发行　青海人民出版社有限责任公司
西宁市五四西路 71 号　邮政编码：810023　电话：（0971）6143426（总编室）
发行热线　（0971）6143516 / 6137730
网　　址　http://www.qhrmcbs.com
印　　刷　陕西龙山海天艺术印务有限公司
经　　销　新华书店
开　　本　890mm × 1240 mm 1/32
印　　张　7.25
字　　数　150 千
版　　次　2020 年 10 月第 1 版　2020 年 10 月第 1 次印刷
书　　号　ISBN 978-7-225-06007-1
定　　价　48.00 元

序一

令人震惊的荒原

阎晶明

任何一个人在读过《环湖崩溃》之后，都无疑会体验到一种从未有过的震惊。“艺术的感染”在这里已经显得过于柔弱和贫乏。它为我们展示的，是一个超出我们想象，让我们神往又令我们恐惧的世界。我们的确从艺术世界中得到过对大自然的神往,《五彩路》《神秘岛》使我们童年时的幻想至今无法磨灭；《鲁滨逊漂流记》《月亮和六便士》又使我们在这种幻想中增添了许多自以为深刻、高雅的理性因素。但是，在我们读过《环湖崩溃》之后，我们所有的幻想、所有塞入这些幻想中的思索都荡然无存，甚至会感到这种书斋式幻想的可笑。大自然原来如此神秘和可怕，人的力量原来如此生机勃发又微不足道，栖息于荒野之中的生灵野兽原来如此谙熟人情又凶暴残酷。对于我们这些为生活琐事所困扰，又无法忘怀我们的幻想的人来说，这怎么能不是一个巨大的震惊呢?

人和自然、人和野兽、人和人自己的角逐，他们之间的爱和恨，在作者极富激情和诗意的笔下，凝聚得异常浓烈。环绕青海湖的世界，是一个充满野性又不乏温情的广袤的天地。与天相接的绿地草原、一望无际的戈壁沙漠、让人迷路的白雪世界，使任何一个有感觉的人都会感到一种令人战栗的激动和高于一切的自卑。这里，有被饥饿所困、成群向人袭击的野狼；有几乎将能压死自己的汽车推翻、虽然惨死但脚掌直立永不驯服的大黑熊；有被人抚养、充满柔情但最终无情吞噬人类的库库诺尔（小熊）；有抢食馒头屑、被人戏弄又被狂风吹得无影无踪的小蚂蚁；有血肚饱胀、被人“请”到躯体上吸血的跳蚤……

而人呢? “我”怀着敬仰之情和征服意志来到青海湖，但是，“我们”（垦荒队）所借以发泄生命力的开垦地，在收成不如种子数量之后重新复归为一片荒地。“我”和“我”美丽的“花儿”在雪海中受到雪光反射，变得丑陋不堪，“我”为了生存，也为了适应荒野的法则，竟然大嚼特嚼起生肉，“我”在野性少女卓玛意勒面前，充满了爱与恐惧。精神被震慑，灵魂被拷问。但是，正是这种令人恐惧的野性吸引着“我”，使“我”产生对城市嘈杂的蔑视，对青海荒原的挚爱，以至于“我”不畏死亡，准备在开湖的冰涌中，冷静地接受生命的结束。人的力量是多么渺小，在原始荒野的大自然面前，似乎只能顺从、适应。人的意志又是多么坚强博大，在经历了无数次寒冷、艰辛甚至死亡的威胁之后，“我”依旧并且更加坚定了拥抱大自然的信念。

作品通篇激发着一股股无法抑制、让人震惊的意志和激情，“有志的男儿都应死在边野”，弥散着一种恢弘、精深的孤独感，“真正的雄鹰永远是孤独的”。所有这一切，都使我们只能这样认为：如果小说中的“我”不是作者自己，如果作者的灵魂世界不是同“我”一样博大，如果作者仅仅是靠听闻、观察和哪怕最为丰富的想象来为自己的艺术品寻找材料的话，无论如何，我们不会有如此巨大的震惊。我们所曾经为之赞叹的那些描写大自然的作品，那些或把自然诗意化、或把自然象征化、或把自然历史化的作品，都不过是“小家碧玉”而已。

因为我们阅读这部作品时已被震惊，所以，我们平常所借以评介艺术品的那些成熟或不成熟的理论武器、逻辑思维，已经显得过于规矩、过于浅薄和过于单调。在这里，我只能这样说：这是我迄今为止所读过的一首最为恢弘、最富激情、最为战栗、也是最长的美丽诗篇。

序二

清澈的呼喊

臧杰

读《环湖崩溃》的时候，我听到了一种声音，一种嘶鸣一样的声音，宛如一匹饥渴已久的骏马将头颅伸进了厚厚的雪层，吞咽、吸纳，而后撕开白雪，高高跃起，激发出一声长长的鸣叫……

我太久都没有这样的感觉了。在当下的小说阅读中，有两种感觉始终在交替地折磨着我，一种是读罢一屁股隐没在沙发的深处，让自己的身体很懒散，很嚣张，然后一句话不说、一点儿事情都不想，任凭空白挟持着自己；另一种则能站将起来走上几步，走着走着，才觉得自己无比虚弱，恨不得一下子倒下。

而在读完《环湖崩溃》后，我几乎想一边呼喊着一边奔跑，曝出自己哪怕不伟岸的胸膛，任狂风拍溅，任风雨飘摇。

然而，当我激越满怀地出现在都市的街头时，都市已经华灯初上，车很多，人很厚。

这似乎已经注定《环湖崩溃》不会属于当下的写作。据作者杨志军的简介中讲，它是杨志军的第一部长篇小说，写作于 1985 年，发表于 1987 年《当代》第一期，八年后的 1994 年，获得《当代》文学奖。也就是说，我二十年以后才读到它，它给我的穿透力，就像最新鲜的阳光那样强烈。

在我眼中,《环湖崩溃》所勾画的是一个追寻与奔跑的故事。最初，是父亲带着儿子和拓荒队以拓荒的方式追寻与奔跑，拓荒既是父亲的使命，也是父亲的理想，它包含了以事业为信仰的精神内核。父亲死了，理想未果，但坟墓依旧在荒原上张望，灵魂依旧在荒原上飘荡；而后，儿子长大了，儿子与爱人以捍卫绿色的方式重上高原，科学是儿子与爱人的一切，但通往成功的道路依旧不平坦，在自然与人的搏斗中，儿子的爱人退却了，并匆忙地掩埋了遗落在荒原上的爱情；最后，还是儿子，儿子和考察队重上荒原，对于考察队而言，荒原上的生态是他们找出来的问题，而儿子却在寻找着隐秘在荒原深处的真理……

在这种追寻与奔跑中间，有一种非常具有震撼力的东西自始至终在感染着我，慢慢地，我觉得它清晰了，它就是类伦理。

类伦理其实是伦理之外的一个话题。我们通常讲的伦理实际上是一种人的伦理，伦即人伦，理即道理与准则，伦理合义就是人与人相处的各种道德准则。我们从未将伦理的问题延及其他生命，我们不跟动物讲伦理，也不跟植物讲伦理，更不跟整个生态环境讲伦理，因此我们就可以对动物不道德，对植物不道德，对整个生态环境不道德。

事实上，我们忽视了伦理的广泛性，我们惯于把自己作为世界的主宰，把自己的生命看成生命中最重要的生命，当下的现实已经证实是我们错了，而且是非常沉痛地错了，如今也有一部分人站出来要求人类对其他生命讲伦理、讲道德了，但这种力量太有限，这种道德也太有限了。

作为小说家的杨志军，能借助小说发出绵绵不绝的类伦理的呼喊，就足以令人兴奋，这也不禁使我想起马尔克斯，想起他在《百年孤独》中对亚马逊河道变成车道、对香蕉园变成大工厂的激愤与不安。

更重要的是，《环湖崩溃》的内蕴还不止于这一点，杨志军还在借助小说去追寻一个超越伦理的东西，一个真理的所在，一种意义的栖息地。在此，我更愿意把这种东西称作星空。那也许是一碧如洗、繁星满天的星空，也许是浓云迷障、星光时现的星空。星空里面隐藏的奥秘，神奇而让世俗人生迷惘，绚烂而令世俗人生神往。

这不由得会让人想起康德那难以言说、难以名状的“物自体”，想起这个提出过星云假说的哲人留在墓碑上的一句话：“在我上者灿烂星空，道德律令在我胸中。”

我想，那些以苦难以大地为求真意志、为作品包装的作家，最终只能把肉体埋葬在泥土中，他们盼望着它下坠、下坠，并以此来成就自己的重量。而像杨志军这样能够抬起头来仰望星空的作家，更应该愿意看着自己的肉身与灵魂上升，甚至成为一把烟灰消散在风中。

仰望可以说是一种态度。同时，有态度的人们也必须深省自己的态度，因为人的态度未必是完满的态度。

因此，在《环湖崩溃》中，我也发现了杨志军的惶惑。我清晰地看到，“儿子”在面对父亲被宠爱的瞎熊咬死后的不安，在面对荒原少女卓玛意勒火一样的情感趋于黯淡时的疼痛。

在超越了庸常的伦理之后，“儿子”以为自己即将踏上终极意义的圣地，即将获得对一切因由的解释了。其实却不然，“儿子”还无法解开附在父亲与卓玛意勒身上的“谜”。于是，“儿子”感到天旋地转，像一只被触动的怪兽，像咆哮着开启的青海湖，发出了响彻天地的呼喊。

也许人生本该就有发泄不完的痛苦、开掘不尽的意义。也许人生本来就是一种无法终结地探求意义的状态，如果有一天意义终结了，那么人还会怎样活？为何活？

在已发现的惶惑之外，我觉得杨志军身上还有一层疑惑也很刺目。这刺目的光芒正是小说叙事的致命危机，正是杨志军在叙事上所无法割舍的因果链。在整个故事的构造中，杨志军过于执着与看重事物的因由，并不自觉地将这一因由引领到叙事的结果中。我想，这也许是杨志军对人生的现代性与叙事的现代性存有疑惑所致。

其实，惶惑与疑惑本身就是呼喊的一种形式。毕竟杨志军的追寻还没有结束，他发散出来的声音还没有停歇。毕竟追寻并不意味着要得到，超越也未必要抵达永恒。

目录 CONTENTS

上篇

创世年——大荒启示

第一章　天体正在运行

古大海早已经流逝了。印度板块和亚欧板块用无数瞬间的挤压和力的对抗，引出了一个辉煌壮丽的大地变化：地层构造的横向断裂和古高原的奋然崛起。创造这种变化的那个伟大的地质年代——新生代第三纪也已经十分遥远了，遥远到没有哪个生命能记得它。

但是，第三纪曙光依旧沿着时间的轨迹照射到了我们这个悲壮而灿烂的时代："喜马拉雅运动"的轰鸣、旷世水域古潮汐的涌动、从古海底挣扎而出的参天蕨树、生命以及人类的活动，已被历史写成了一页不朽的文字。那隆升而起的海相沉积层不就是地球出售古生物化石的天然市场吗？那深浑渺远的地貌景观和地势格架不就是我们窥望创世前夜那鸿蒙天地的一面镜子吗？那圮坍了的古城堡和沙埋了的古战场不就是我们遴行到今天的驿站吗？

两大地球板块依旧在碰撞、俯冲，地处板块拼合带的世界屋脊依旧在扭曲、错裂、叠加，依旧在推挤逆冲，急剧抬升。我们没有理由否认：若干年后，这块地球之上生命得以生成发展的第一台地将成为一片类似于南极大陆的冰天雪地，人类将被迫退向平原，退向江河下游和大洋岸畔，或飞升到另一个星球上去。

比起这些永远是崛起态势、永远是朝气蓬勃的有恒运动来，比起人类未来征服新领域的壮举来，我和益西拉毛将要跑完的历程又有什么悲壮可言，真正的壮行是早已有了的，那便是生命以及人类一开始出现就在进行着的宇宙遨游：我们被地球载拥着，沿着那条椭圆的神工造就的旋梯式黄道，以每秒三十公里的速度围绕太阳四季兼程。这是最壮丽的远征，也是一年一个循环的惊心动魄的光荣探险。想起这些，我还有什么理由去深切怀念我的三次环湖行，并为它叹息和自豪呢?

然而，既然我活着，既然我在太初景象的环绕中已经有了一种前无古人的创世者的骄傲，既然脚下这块土地被我认为是介于神话世界和人类世界之间的第三种世界，既然我被人钟爱、信赖，被人看作是信仰之舟的驾驭者，我就无权浸泡在低沉的酸缸里哭泣，无权放弃这次迫于无奈的可以倾泻激情的第四次环湖行。

我为什么不能做一个上帝呢?我何不以天神的姿态来一次挽救环湖挽救草原的呐喊呢?天上一颗星，地上一个人。我也是一颗光彩熠亮的神圣的天体，我们就要启程了。

在这洪荒和文明化合而升起的西部地平线上,在这人类撤离“极地”去平原或去另一个星球的前夕，在这大草原八月黎明的轻风中，我要启程了！

我曾经对那位有权有势的我的朋友说：“你们不能再在这里开荒了，不能再在这里办农场了，这里应该是牧草的原野，这里是出产千里马的地方。”

我的朋友说：“哪儿有什么千里马，你不要骗我们，你要是真的拉出一匹马来一口气跑完一千里，我们就取消开荒计划。”

我说：“取消今后所有破坏草场的开荒计划。”

我的朋友说：“行啊，就这样说定了。”

我说：“君子一言，驷马难追，我相信你啊。”

于是我就要启程了。

我在等待启程，我在寻找一匹马，它将载着我日夜兼程，完成一千多公里的环湖奔驰，以证明它是“竹批双耳峻，风入四蹄轻”的千里马，也证明我自己，证明父辈，证明人类的雄性欲望。

我焦灼地看着洛桑老人强健的身躯在一阵嘶鸣的大风中瑟瑟发抖。

他说：“环湖荒原没有真正的千里马。”

“最好的骟马呢？”

“四百里就能挣死。”

“那匹年轻的栗色公马，它不是正在发情吗？”

“疯跑三百里，打死也就不起来了。”

我一阵战栗。波荡天际的秋草为它自身的悲剧发出声声低泣。

“阿爸，益西拉毛呢？”一个女人的声音从毡帐门口传来。

我猛抬头，瞥见那双勾人灵魂的女人水性的大眼睛。

卓玛意勒朝我们走来。

“益西拉毛？”老人失口叫道，浑浊的眼睛闪现点点亮色。

益西拉毛，一位被荒原赋予了温情的母亲，半个月前，又给环湖的牧家奉献了两个漂亮而欢实的马驹。可是，它行吗？在洛桑的马中，它从来不是佼佼者。胸瘪、背狭、毛稀、蹄软，典型的劣马。洛桑之所以还留着它，仅仅是因为它善良忠厚，即使遇到别处年轻公马的勾引，也决不会离开洛桑。它适当地控制着自己的情欲，也适时地让自己的生命得到延伸——大概是它多情的兼收并蓄吧，它下的马驹儿总是比它更能得到主人的青睐。

“益西拉毛？可以试试。”老人的神情又趋于黯淡了，但我感觉到的却是深沉的内在的力量。“三天后，给马驹儿断奶。”他又道。

“断奶？”我问。

“要叫母马奶胀，奶胀……”

风把卓玛意勒的声音播向四野，草色浮动，又一次朗声高叫了：“哗——哗——”

把两个小马驹儿藏起来的那天黄昏，益西拉毛从帐房前经过，探进头来，四下看看，哀哀地望着卓玛意勒和她身边的我。我面孔呆板地摇摇头，见它急速转身，奔向了湖边，奔向了山岗。一会儿，它又失望地归来了，依旧那样哀哀地探进头来。

我忍不住，上前拕住了它的缰绳。

“你要做啥哩？”卓玛意勒大声道。

我说：“两个马驹，你把它们藏哪儿了？”

卓玛意勒狠狠地瞪我一眼，走过来，俯身摸摸母马已经开始发胀的奶头。

“还小呢。”她说，“明天会更大。”

我忧郁地望望那两堆鲜红的奶头，也伸过手去。

“啪”的一声，她将我的手一巴掌打开：“摸错了。”

我愠怒地举起手，想还她一下。

“来呀！”她朝我挺挺皮袍裹着的隆起的胸脯，放声大笑。

“你呀，怎么就长不大呢？”我说。

我不再理她，丢开益西拉毛的缰绳，安慰地在它脖子上拍了拍。可它并不领我的情，一蹦子跳开。等我来到帐房外面时，它已经朝着盘腿坐在草地上的洛桑老人跑去。

它把头伸向老人，在他的衣肩上磨蹭着，似在苦苦哀求：“告诉我，我的孩子在哪里？”

老人扳住它的头，意味深长地抚摸着。

我站在帐房门口长叹一声，回望着卓玛意勒说：“别忘了，给马驹儿喂牛奶。”

卓玛意勒说：“你呀，真是瞎操心。”

我这才看清，昏暗中，她将木桶提起，袍衣脱去，隔着衬衣，乳峰在迷人地招摇着。

“进来呀！”她轻声叫我。

我没动。我没有兴致在此时和她共同拥有一顶帐房，哪怕是篷顶遮去天空亮色的瞬间——这一定会使我心血潮动的瞬间。但我马上从她那双平静的眼睛中明白，我误解了她。

她说：“你来挤我的。”

“你的？你又没有……”

但她已将衬衣脱去，安详地等着我。我只好进去，把手贴到她的胸脯上，像摆弄牛乳那样来回搓揉。乳尖被我手中的汗水弄得湿润了，我仿佛看到，清亮的乳汁滋出了一道优雅的弧线。唉！那些园林设计家们，怎么就没有搞出一座以石乳为底的喷泉呢！都是山，假山，僵死的雕琢的石头假山，或别的一些让喷泉失去生命之源意义的玲珑玩意儿。

我眼睛凑近乳尖："不行，你永远不会有奶的。"

她失望地叹气。出乎意料，她没有对我做出任何挑逗的举动，而我，如果不是她快快穿上衬衣，一定会搂紧她丰满柔软的身子，让胸脯的生命之源渍湿我干燥的面孔。她虽然至今没有生育，但她的乳房比过去大多了，而且似乎还在无休止地增大。这是由于成熟，由于发胖，更由于男人的摸揣——那只为男人而存在的魔肉是被我和白华尔旦摸胖、摸出气息和旋律来的。而她却以为，只要怀中抱个孩子，不管是别人的还是自己生的，她就一定会有奶，那乳房的鼓胀，也一定是因为白色的汁液过剩了、涨潮了，就要汩汩流淌了。其实，我何尝不希望她的奶水源源不断呢！不为别的，仅仅为了让我天天呷几口。很多人都接受过母亲奶水的哺育，可很少有人说出人奶到底是怎样一种滋味，在渴极饿极的时候想到的总是别的：馍馍、肉、牛奶、泉水。我不清楚，那些有妻子的男人，是不是想通过吮吸妻子的奶水重新认识一下自己的母亲。而我是想的，我比任何时候都迫切地想知道人奶的滋味。

卓玛意勒穿好袍衣，提桶出去了。我黯然神伤。是的，我不会成为一个荒原女的丈夫，我终究会走的。我会走吗？

青青的草，迎风好比波浪漂……

是卓玛意勒的歌声，迎来了这个沉寂的青海湖畔的秋夜，我的为了环湖草场存亡的忧虑顿时和太阳一起消逝得干干净净了。我不由自主地产生一种甜丝丝的感觉，和以前一样揣度着荒原之夜的幽邃和奇妙，又一次体味到了那种温情淡淡的迷惘。但我明白，如果没有卓玛意勒的博大情怀，荒原的黑夜便会像白天一样乏味、厌倦。

我出去，在益西拉毛身边盘桓，给它加料也给它安慰，然后，回帐房和卓玛意勒以及洛桑一起，就着酥油灯吃饭。然后……我朝她轻轻点点头，起身出门，朝原野深处那个神秘的地方走去。

离开毡帐已经好远了，可我怎么就听不到她那熟悉的脚步声呢？我回过头去，愕然了：她竟然没有跟来。

纯净的黑色的天地间，只有清风忠实而愉快地送来淡淡的草香，只有那颗明亮的被我视为卓玛意勒化身的女性的星星跟着我。我又一次失落了。大荒原，我为你忧伤……

忧伤的歌是低沉的吗？是的。然而，在青海湖畔，在环湖荒原，当人们终于迎来这个灰蒙蒙混浊一片却充满骚动的早晨，当我和益西拉毛就要以天体的盲目和勇敢开始运行的时候，卓玛意勒却用突兀的开头、奔放的旋律、颤抖的尾音，唱出了她的忧伤：

茫茫雾气里，我把马儿寻找，
低低的青草，我的马儿高，
找呀找不到哟，
青青的草，迎风好比波浪漂。

她要用这高亢的忧伤来为我壮行了。我却呆然木立，望着那望不见的远方的绿色。沉重的雾岚使草天衔接处迫近了我。秋霜，这银白色的冷峻的天露，在阳光撕裂远方云翳的前夕，显出一种铁硬的意志来。

益西拉毛被洛桑老人牵着，从帐房前走了过来。它的情绪已趋于平静，尽量耐心地等待着让它飞奔而去的时刻到来。有它那两个孩子的地方就是终点，至于起点和终点之间的路程，它是不在乎的。不管有多远，那胀疼的奶头都会使它奋不停蹄，除非它不幸死去。

“这是一匹很平常的马嘛。”我的朋友，那位以权力藐视着科学和自然从而激发了我的环湖奔驰的朋友，对他身边的随员——他的妻子——我的花儿说。

他们就在我身后十步远的地方。我替益西拉毛伤心，连外行也能从它的毛色、体形和步态中，看出它温情阴柔有余而刚武强健不足的气质来,甚至温情得有些病态了。我不理会他们,发狠地咬咬牙,痴望洛桑递过来的鞭子。

我了解我自己的孱弱，即使我不是益西拉毛的主人，即使我和它的感情远没有和环湖荒原的感情那样深沉，我也不会快马加鞭，尤其在它疲劳欲倒的时候。可我还是紧紧握住了鞭杆，对鞭子的拒绝，意味着对环湖绿色的冷酷。

老人气派地拍拍我的肩膀，仿佛说——不要放过举起鞭子的机会，为了环湖永久的生命。我点头，望望倚门而立的卓玛意勒和她那双忧虑的眼睛，啊，她也会忧虑？

阳光斜射，银白的霜色愈加显得晶莹剔透了。益西拉毛的耐心似乎已经到了极限，前蹄轮番刨着草地，头一次次仰起，蔑视着不远处我的朋友一行的现代化交通工具——汽车。老人已将鞍子备好，我接过缰绳，用我那年轻人的敏捷，像一个真正的牧人，一眨眼便跃上了马背。

益西拉毛在我的朋友和我的花儿面前狂暴地打着转儿，等我身子稍一前倾，它便一跃而出。环湖荒原，你容得下一个高原人的豪迈和深爱，可你能容得下益西拉毛母性的激情吗？我要诅咒你的辽远和开阔了。诅咒声中，我开始了动荡的马背上的千里行。

太狭小了，这草绿鸟隐的地方，这绣线菊润色成彩锦的牧场。益西拉毛的四蹄还没有真正迈开奔驰的步履，牧人们拘泥成法的对马的调教还在固执地囚禁着它那母亲寻觅孩子的力量，和它应该具有的迅急的跃动相比，它的奔跑简直可以说是鹅行鸭步。然而，绿地就要消逝，前方，那一片恢弘而磅礴的万物枯死的荒原已经向我们漫溢而来了。

天上一朵云，云下一股风，风中一匹马，马上一个人。这怪诞的环湖云洁白而又厚重，它的一头压在远方的雪峰上，那雪峰便轰然圮毁，金字塔式的峰顶杳然不见了。而这诡异的荒原风衔悲而来，猛烈而充满情欲地拍打我冰凉的额头，撩拨起马鬃——一溜儿密密匝匝的林柯从两只山峦般对峙的耳朵开始，延伸到稳实的马鞍下。

漠漠穷边路，扩张出一种贫瘠而荒败的无限。荒原，无限的荒原，蕴蓄无限悲愁的荒原，就要吞没我们了。而在益西拉毛的四蹄下，一道扭曲的粗硕的绿色草线顽强地羁绊着它的腿，益西拉毛只好掉转身子，顺着草线前行。

我侧过脸，深情地望一眼石粒般滚动在绿波间的黑色帐房，那由秋光点染而成的牧地，那花瓣簪满秀发的牧地，那风闲风静、草黄草碧的牧地，那用温煦的微笑扰乱了我心绪的牧地，和我们渐渐分离了。裂隙——灰黄质朴和密绿疏黄的衔接带，这青色朦胧的中间调子，承接了马蹄的叩访。就在这分界线上，环湖的牧地和环湖的荒原，以极化的对比，划分出历史和现实的悲哀与喜悦来，滞涩了益西拉毛鼓声般擂响的蹄音，迷惑了它的眼睛，还有心。

益西拉毛，别流连，别像我一样回头看，那孩子——两个小马驹儿在前方，永远在前方。我用双脚和晃动的鞭梢告诉它。它懂了，一侧身冲进了荒原的领地。而我依旧在回望，望得很远很远——

古羌人威武的姿影、吐谷浑悠长的情歌、蒙古人响亮的鞭声，以及为了草场所有权血腥的厮杀，古战场金戈铁马、气吞河山的悲壮，已经远远离去了。年年如此，那牧草老绿的茎叶覆盖不住的褐色的厚土上，秋风哀鸣。游牧民们悲剧的日子——冬天，就要从青海湖海心山的那边啸然而来了。

我开始祈祷，祈祷时间，别给我们带来精力耗尽的那一刻；祈祷青海湖，馈赠我们那种永不疲倦的涌浪的力量；也祈祷神灵……我这个心里充满了荒原神祇的人哪……再往前，穿过这片灰蒙蒙的土地，便是浑黄无际的沙漠了。曾经，那里是作为冬窝子的草场，它让我最初认识了荒原人的真诚，也让我现在猛然涌出这样的想法：我愿她拿着粗粗的皮鞭，不断重重地打在我的身上。

是的，我为什么还要犹豫呢？既然我自视环湖之子、高原大汉，我就应该得到这种粗犷的厚爱。遗憾的是，她毕竟只会用一种异样的眼光看我、揣度我。即使在她受到委屈的时候，也始终没有把鞭子举向我。啊，我怀恋，怀恋她古朴的温醇，她汪洋恣肆的春情。

我已经看不见绿意凝结的大块颜色了，只有一丝绿影在天际跳荡。起伏的荒原因了益西拉毛的跃动变得左右摇晃，有时甚至腾挪跌宕。

我依旧在望远 —— 一座土台、两条毛毡、三条棉被、四个荒原人，一顶帐房下，几只金龙碗。我们共进茶饭，情暖如春。可是在帐房外面，漠风一天比一天肆虐了，荒地日日扩张着，草场渐渐缩小了，牧草一片一片地死去了，湖水一年一年地缩小了。而真正消逝的，却是环湖的恬静与和平。

益西拉毛，在你征服脚下这一千里坦途之后，你能不能再做一次勇敢的进击呢？当那个预料中的日子一旦出现——荒原和绿色最终被人类押上审判台时，你应该是最合适的律师。而我是没有资格也没有胆量的，资格早已经被自己丢弃了，在我们第一次进驻环湖草原时就已经丢弃了。

第二章 开 蒙

“啪啦啦啦啦……”

多少年过去了，即使我有机会让我的脑海保持一片空白，比如打喷嚏时出现两秒钟的忘乎所以的时候，我也无法制止这阵战栗。它每时每刻都想破坏我的心境意绪，都想拉我回到荒原，回到那个神秘而恐怖、阒寂而阴冷的荒原之夜。

这是汽车在寒夜里打战的声音。我当时自然想不到，它会引起我脑神经持久的悸动，直到十多年后，仍然纠缠不休。

草地凸凹不平，加上大风一浪一浪的撞击，汽车在行驶中不住地哆嗦着：“啪啦啦啦啦……”车厢、车篷、车窗玻璃、车上所有能活动的东西，都在颠簸中跳跃。而隆起的草墩又使车体不住地大幅度地打着趔趄，抑扬顿挫的吭哧声让人感到汽车立刻就要耗尽最后一滴油了。

原野上，不时有大的小的野物箭镞般穿过斜打前方的车灯光射，让我们记住了各式各样的面孔、姿形和叫声。可惜的是，我们对荒原异常陌生，只会单调而重复地喊叫：“又一只獐子！”或者：“看！野羊，比刚才还要多。”直到后来，我们才明白，那天夜里出现在我们视域中的虽然有羚羊和香獐，但更多的是四不像和野驴。

“啪啦啦啦啦……”野物们大概是被灯光吸引来的，却又受到这震颤声的惊吓，往来倏忽，不敢驻足。

其实受到惊吓的还有我，我是父亲的儿子，而父亲又是我们这支垦荒队的队长，加上我年龄最小，小到不知道男人的妻子除了做饭补衣外还会有什么别的用处，只好被大家客气地让到了司机旁边。司机是个比我大不了多少的兵娃，开车送我们一遭，算是环湖驻军对开发荒原的支持。

突然，一个黑森森的家伙，像一面厚重的石壁，逆光立到了汽车前方。“嘟——嘟——”喇叭声起。它好像没长耳朵，前掌腾地落下，迎车爬来，那“啪啦啦啦啦”的震颤声对它毫无威慑作用。

“瞎熊。”兵娃嘀咕。

“什么？”我一抬屁股站起来，头“咚”地撞到驾驶室顶上。

车猛然刹住了，几乎在同时，那黑森森蛮横无理的庞然大物扑了过来，“啪”地一下，紧紧抱住了右边的车灯。

兵娃吸了一口冷气，下意识地按响了喇叭。可汽车越叫唤，瞎熊将车灯抱得越死。兵娃很机灵，顿时摁灭了车灯，又飞快地摇紧车窗玻璃。瞎熊突然发现自己什么异物也没抱住，伸开前肢，抬头望着驾驶室里的两个暗影，一只前掌“嗞啦啦”地抠着车头。

我意识到完了，瞎熊只要稍微一扑，就会一掌打碎玻璃，然后……但我没想到，兵娃会“刷”地一下重新打亮车灯。庞大的瞎熊吃了一惊，朝后退退，又伸开两条粗硕的前肢，将灯紧紧抱住。等它要扭动时，灯又灭了。它只好放弃，再次把注意力集中到两个人影上。就这样，灯一亮，它一抱，再熄，再亮，它再抱。重复了十来次之后，我们都意识到，再这样下去，瞎熊就会明白对它的愚弄了。

“压死它！”从车厢传来父亲的喊声。

兵娃点点头，就在那家伙抱住白炽的车灯不放时，车猛地开动了。一声暴怒的吼叫从车下传来，震得我脚下的铁板“嗡嗡”直响。汽车前轮已经从它身上压过去了，而当后轮碾上它的肚皮时，它那颗硕大的头和有力的前肢死死卡住了轮胎。车身来了一个急速的旋转，又猛然滞涩在了草地上，暗夜趋于宁静，只有瞎熊的粗声喘气证明着荒原潜在的喧嚣。

“开啊！”父亲从后面催促道。

这时，一阵吼叫，车身顿然倾斜。好在左后轮压在了一簇芨芨草硬实的根块上，车才没有翻过去。“轰”的一声，被瞎熊掀起的右后轮又重重地朝它肚子砸去，它的叫声马上变得尖厉了。

父亲撕开车厢上的篷布，翻到踏板上，敲开驾驶室的门，用手来回搓动比画着：“这样，你这样。”

兵娃犹豫了一下，把车朝后倒去，退后了一米多，又换挡朝前开。就这样，一退一进，来回碾压搓揉，少说也有二三十次吧，我们才听不到瞎熊的喘息了。

我们提心吊胆地下车，见那瞎熊的头朝一边歪斜着，整个肚子被碾成了肉酱，身下是流淌的兽血，而一只前掌还在一下一下朝空中扇动，就像一面反抗的旗帜，顽强地竖起着。一会儿，熊掌不动了，但没有倒下，静静耸立，让我们隐隐感到，在环湖的荒原，会到处萦绕起对拓荒者的抵触情绪，滋生出锋锐逼人的抵触力量。而我们的行动，便意味着对荒野原始风物的破坏和对这种抵触情绪的挑战。

“哦，死的是头母熊，你们看……”兵娃跑上前，捉住一头在草丛中朝这边窥望的熊崽。

我们围了过去，惊悸地瞅它。而父亲却蛮横地抱起了小熊：“这是我的！”

小熊“嗷嗷”地叫着，想蹦出父亲的怀抱，扑向母熊。

父亲紧紧搂住：“别叫，孩子，你妈妈死了，我养你。”

父亲哀哀的声音一下子感染了我，让我明白环湖给我们的第一感觉便是忧伤，好像荒原本身就是一块巨大的伤感凝结的地壳板块。

我扑过去，从父亲怀里抱过小熊：“朋友，往后，我们在一起。”

小熊听不懂，依旧“嗷嗷”地叫着。熊妈妈死了，那惨状小熊看见了。它叫得更急、更响，也更凄切，熊妈妈死了。而对我来说，所有一切都被这只幼熊的猝然而至所代替。可怜的小熊，我的世界，我的影子，似乎也成了我生命的延伸。

但当时我并没有意识到，我对一头小熊的感情，多少是由于同病相怜。我的母亲也死了，死于几年前发生在青海西部的那场鼠疫。作为一个资源勘察队的队员，她的死不足为怪。奇怪的倒是父亲，他改行了，不再搞土壤研究了。而且他竟然会那样痛快地答应我的要求——我不想升高中，想跟父亲一起来环湖，中华儿女志在四方嘛。父亲说：“国家目前最需要的是粮食，青年们都应该像你，算我没有养活一个废物。”

尽管寒风还是那样冷酷，但春天毕竟来了，细草未青的荒原在虫鸣鸟翔中骤然变得生机盎然。

早就等得不耐烦了的我们，顾不得冻土并未疏松，三人一组，憋着劲，将那厚实的方锨用八磅铁锤砸入冻土层。然后，一个人用整个身子的压力朝起撬，两个人在锨柄根部套根绳子使劲拽拉。一次翻起四方四正的一大块，一天翻起三十块。

一个月过去了，等土地完全解冻时，平坦的荒原上已经出现了一片片疙瘩连疙瘩的田地。

播种开始了，一人一盆麦种，撒完为止。荒原上的播种者们，以为撒进去的都是希望，连扬手抛出麦粒的动作，都那么庄严而神圣。尽管大都是些活泼的年轻人，朝气随时都在伴着热汗朝外喷吐，但在这种轻松的劳动中，却没有一个人会说出一句废话，更不要说讲个笑话了。而笑话人人都装了一肚子，大有再添进一个就会撑破肚皮的危险。

这期间，小熊多受了些委屈。它随着人群常常跑进麦田，在人拉柳耱耱过的地里用嘴拱,用爪刨。我没看见它吃麦种,但生怕它吃，劳动时便不再带着它。它一整天都孤零零待在工棚里，饿了、渴了，去桌子底下的瓦盆里进食饮水，孤独感袭来时，便从门缝里朝外张望，望久了又会使劲扳门，而那门却是锁死了的。直到我们下工归来，它才可以在工棚外的草地上蹦跶几下，但这时它又不想走远了，因为它不再孤独，它的依赖就是我们。

我发现这个可怜的小家伙似乎比孩子更值得爱怜，它从不记仇，从不想去问问：为什么要关我？是谁关的我？尽管这样，人的抱歉却并没有消弭。为了某种补偿，为了它天性的欲望，不管天气是晴是阴，是风是雨，晚饭后，我总要带它出去，去山冈上眺望，去草地上翻滚，去坡上坡下地互相追逐。

“小家伙，这儿是你的家也是我的家。荒原上，人熊一家。”我贴着它的耳朵喃喃絮语。

小熊“嗷嗷”地叫着，大概听懂了，挣脱我的搂抱，跑一圈又回来，依旧“嗷嗷”地叫着。我禁不住又开始喃喃絮语了。

麦苗出土的时候，小熊也长大了些。我给它起了个名字——库库诺尔，意思是它在我心中的地位，如同青色的海。它长本事了，吃饭时，踩着床，从棚壁兜板上取下它那只豆绿色的搪瓷碗，用牙咬着让我给它盛饭，然后靠着床沿双手捧着用舌头舔。它也洗脸，在我们用过的洗脸水里，用前掌往头上撩水，还会用我的毛巾擦干。出恭的地方被我固定在棚外的一方草地上，到后来，它竟和人一样不再随地大小便了。

“库库诺尔，来给我抠痒痒。”

每当有人提出这个要求时，它总是先望望我，待我点头后，才过去满足那人的要求。它那毛茸茸的前掌搁在人光溜溜的脊背上来回搓揉，会使人心痒神荡，好像女性的纤手在温柔地抚摸。当然，这种感觉是别人告诉我的。我只觉得它很小心，从不将尖利的指甲触到人的皮肤上。

有时，它会整个身子爬到人的背上，暖烘烘痒酥酥肉乎乎软绵绵的，照那位被称为二百五的人说，搂个城里的胖婆娘，也没有这样舒坦。胖婆娘的滋味我无从知晓，但库库诺尔以它的灵性所产生的女性的影响，却使我赢得了几分骄傲。如果我故意不同意库库诺尔给谁带去心痒神荡的舒适，谁就会求我，除了父亲。

父亲从来不和库库诺尔亲昵，但我知道，这仅仅是为了队长的尊严，他心里对库库诺尔，有着比谁都强的爱怜之情。

而我更有兴趣的是，库库诺尔会按照我的命令，做出各种各样的动作来——起立，趴下，起步走，向右转，回来。然后，我会让它指出我的五官来。“鼻子！”它会用前掌碰一下我的鼻子，尽管是笨拙的，甚至有时全掌落脸，不知它指的是哪个部位，但我其乐无穷，并且相信它是绝对按我的口令办了。如果我发出这样的口令来：“手！”“头！”“肚子！”它就无法蒙混过关了。我会一连重复几次，直到它指准为止。

“肚子！”无聊的二百五替我下口令了。好！库库诺尔真为我争脸，它憨态十足地将两只前掌全捂到了我的下腹上。我得意而卖弄地朝二百五笑笑。二百五也笑，笑得很鬼，然后喊道：“尿！”库库诺尔不知所措了，询问地望我。我摇头，我可不想让它沾上人的腌臜气。我瞪一眼二百五，同时也有了灵感。

之后的两天中，我用柔韧的马齐草编了一个实心的软球，滚来滚去地让它追逐，让它抱回来交给我，还让它站立着用嘴顶住不动。可惜，我手中没有马戏团驯兽的那种电鞭，库库诺尔不怕我，这种复杂的游戏，每次总被它天性的顽皮所破坏。它会用嘴将草球顶向一边，然后追撵而去，再讨好地叼给我。

库库诺尔，在它身上，有我无尽的乐趣，有我对大千世界的好奇和遐想，我拥抱了它，也就拥抱了荒原。寂寞而单调的荒原毕竟是个繁衍生命的地方，毕竟引发了我的冲动，给了我许多关于生命、关于人类、关于自然、关于宇宙的启蒙教育。

只是，在我对生活的五彩梦中，还不曾出现过女人的形象。荒原，缺少女性色彩的荒原，无意中推迟了我青春的骚动，抑制了我对未来的憧憬，那应该以美丽异性为主角的未来哟……

转眼夏天了，由于无水可浇、无肥可施，所谓的田间管理成了我们垦荒队员困顿乏味、无所事事地过日子的代名词。更为糟糕的是，管而不理的庄稼并没有像我们预想的那样，出现禾苗青青、绿浪滚滚的景象，而父亲却还要鼓励大家继续开荒。

父亲说："虽然我们已经完成了今年的开荒任务，但我们为什么不能多做些贡献呢？我们有的是时间，有的是力气，大荒原有的是未开垦的处女地。更重要的是，我们都是国家的主人，我们都有一颗火热的心。"

大家的反响是强烈的——那就干吧，在入冬之前，再开它几十亩。

于是，春草萋萋的草地又成了我们挥汗如雨的战场。那翻起的土浪，那土浪上面被热阳晒枯了的草叶草根，又一次加固了我们对荒原的征服意识和那种报效祖国的荣耀感。也就是说，我们从大地漂亮的衣服上撕下了一块布，自豪地举在手中，向生活炫耀着我们的荣光。

但是，我们无法天天把自己浸泡在这个蛮荒之地中蜃景般虚无缥缈的幸福泉里，尤其是我。在我和库库诺尔朝夕相处的日子里，在我渐渐养成痴望星空的习惯后，在我对这里能否成为米粮滩的问题朦朦胧胧有了一丝狐疑，并为荒原的深沉旷远而倾倒，常常感到人类渺小、自己似乎顷刻就要消逝的时候，我突然发现，有一个幽灵在纠缠着我。

这幽灵有时令人可怕和困惑，有时又那样美丽和柔情。它多半出现在梦中，让我觉得自己会变成一滴水珠、一座山峰、一束阳光、一棵青草，或者空气，永久地存在于荒原。等我意识到这幽灵似乎是库库诺尔天生的野性带给我的寄托时，我又梦到自己已经变作了一根毛，库库诺尔身上的一根毛，伴它远去，伴它老死。

是的，总有一天，库库诺尔会离开人群。这一点，我从它的眼睛里已经看出来了。有那么几次，它突然变得呆痴，不听我的口令也不随我进工棚，抬眼好奇地望着远山的雪峰，或者痴迷地听着荒风送来的大自然莫名其妙的音籁。甚至，我去逗它时，它会蛮横地用头拨开我或干脆躲到一边去独立思考。

我有些紧张，也滋生出一股惆怅来。我想，库库诺尔要是真的忘恩负义地走了呢？我是不是也要去跟它一起生活？我开始有点儿怨恨库库诺尔了，因为它比我们开垦的田地更直接地掏空了我的心。

又一个黄昏来临了。晚饭后，在工棚外的平地上，一阵笑声把我和库库诺尔引了过去。

几个快活而懵懂的垦荒队员专心致志地用馒头屑惹弄着蚂蚁。一只蚂蚁跑过来了，嗅嗅馒头屑，又警惕地朝后退去。一会儿，它又过来，用前肢轻轻一摸，便忽地将那馒头屑举了起来，直立着，欢欣鼓舞地转了好几圈，再放下，再抱着转圈，如是几下后，它便跌跌撞撞地急速离去了。

等我们再次看到这种小生物时，已经由一只变成了一大群。它们排着队，疯狂地跑动着，不时地扭头用两根纤细的头蕊朝后面的同伴打着招呼。眼看它们就要到达目的地了，二百五突然将馒头屑捡了起来。于是，蚂蚁们开始四下乱窜。

垦荒队员们哈哈大笑。我也开心了，从二百五手中夺过馒头屑扔了下去。蚂蚁们发现了，将馒头屑团团围住，跳啊，舞啊，竖起身子鼓掌，用头蕊向赐给它们美味的苍天致敬并顶礼膜拜。就在它们打算将这千年不遇的佳肴运走时，由于我的恶作剧，它们又一次失去了目标，惊恐地呆愣了片刻，便又互相碰撞着，没头没脑地到处寻找。

一个垦荒队员轻叹一声，啐了口唾沫。我知道他是嫌我太残忍了，但因为我是队长的儿子，便不好意思斥责。我不服气地瞪他一眼，想再次捉弄蚂蚁们一番。可没等我将馒头屑扔下，迎面一阵大风扑来，扬起的尘土灌满了我的五官。我好不容易用手揉出了眼睛的光亮，可蚂蚁早已被大风裹挟走了。我呆痴地望着空荡荡的地面，遗憾地摇摇头。

那个多情的垦荒队员终于由于伤感而恼怒了，结结巴巴地责备我："你……太有点儿那个，你为啥骗人家？"

"人家？蚂蚁也成人啦？你是蚂蚁它亲家？"我不想认错，尽管我明白我的错误该有多大。在这阒寂的荒原上，每一个生命都是人的亲密伴侣，如同库库诺尔之于我。

"我就是蚂蚁它亲家，可你连蚂蚁都不如。"他又道。

我气鼓鼓地挺挺胸脯："我就是不如，怎么样？"我耍赖了，因为要讲这种道理，我讲不过任何一个人。

"你就自己糟蹋自己去吧，我们能把你怎么样。"

我还想犟嘴，可半张了嘴什么也说不出来，便急转身朝一边走去。

大概是想给我一点儿安慰吧，库库诺尔紧紧跟上了我。可我要去干什么呢？无边的荒原上，我像一个踽踽而行的孤独的精灵，带着我的忠实朋友，疲惫地踏察着蚂蚁的洞穴。我从口袋里掏出那块准备给库库诺尔加餐的馒头，四处寻找，一直到黑夜在我们面前矗起一堵墙的时候。

手中的馒头已经捏碎了，又被汗水浸透了，我一点点扔向荒原夜风那能够吞噬一切的大口，但愿它能吐给那些被人愚弄了的可怜的蚂蚁。

我闷闷不乐地回到工棚，默默坐在床铺上呆想不已。库库诺尔蹲在我身边，不住地用舌头在我衣服上舔着。

“睡吧。”父亲过来轻声催我。

我惭愧得不敢望父亲，便把目光投向库库诺尔。蓦地，我在它的舌头上看到了我牵肠挂肚的小生命。大风把蚂蚁吹到了我身上，我却不能保护它们，反而让它们走向了毁灭。我恼了，一掌拍在自己大腿上，又一掌扇向库库诺尔。

小熊“嗷嗷”地叫着，惊恐地躲到父亲腿下。我扑了过去，想从它的嘴里救出那几只蚂蚁来。

父亲抓住我，攥住我的领口将我拽起来：“你怎么啦？”

“我……”我望着父亲坚毅的面孔，一阵心酸，两行眼泪夺眶而出了，“我……我……”

“你到底要干什么？”父亲着急地问。

我揩了把眼泪，突然大喊：“我要回城！”

“啪”的一声，我的脸重重挨了父亲一巴掌。我倒在床上了，委屈地望着那些跳过来相劝的垦荒队员。而父亲却还在大声训斥：“你哪儿像个年轻人的样子！你不是我儿子，你滚，今天晚上就滚！”

之后，父亲蹲下身去，怜爱地抚摸着库库诺尔的头，看它是不是被我打坏了。我又哭了，眼泪滂沱，这是我最初的也是最后的哭泣。大荒原，请不要为我忧伤，和泪水一起流出去的，是我的懦弱，是我的整个少年时代,是我的最后一次稚嫩。我腾地起身,大步出门。

“回来！”父亲大声喊道。

我回头，平心静气地告诉那些以为我在耍小孩子脾气的人，我什么都不害怕了——黑夜、野兽乃至整个荒原。我要一个人出去转转，在荒原上转到天亮。明天，我就是另外一个人了。

父亲叹息着摇摇头，拉我回到床上，从口袋掏出一张纸来：“这是今天早晨我在荒地边的一块石头下捡到的。你们不要紧张，我已经派人去给上级汇报了。”

我拿过那张纸，只见上面歪歪扭扭写着一行拇指大的汉字：快走，再翻草皮，佛爷不容。

我这才明白，和垦荒抵触的不仅是荒原的自然蛮力，还有荒原的牧家。由于对牧家感到神秘，又由于那从娘胎里带出来的愚蠢地坚信某一种传说的习惯，在我们的意识中，牧民们任何理由、任何形式的对立，都是恐怖而极端的。对此，远不是男子汉的性格所能对付得了的，我对自己突然又感到失望了。

第三章　库库诺尔——青色的海

……踏！踏踏踏踏！踏踏！踏！ 踏！

沙尘扬起，在我们身边腾起两道厚重的尘雾造就的墙，不住地朝前伸展。身后，一串深深的蹄印，破坏了平阔沙滩单调的海波纹。

这里很久没有过蹄声的清响了，而益西拉毛也惊奇地发现，它从来没有在这样松软的地上奔驰过。它开始喘息，跃动的身姿也显得笨拙，四条腿的摆幅越来越小，尽管后蹄蹬地的力量仍然是母马体力的超量发挥，但它怎么也不能让身子保持那种始终前倾的姿态。四蹄、身子以及马背上的我，都使它感到沉重起来，奔势失去了一往无前的锐气，渐渐趋于狂暴的挣扎。

益西拉毛不时地用眼角扫扫我。怨我吗？怨我把它驱入了这该死的沙漠？然而，我相信，益西拉毛不会因为沙地对它的死命拽拉而有丝毫懈怠。沙滩前方，又是沙丘，又是沙山。即使沙山那边仍然是一个黄腾腾的松软的世界，它也是不会盘桓片刻的。它会想到，那边，前方，每个隆起的地物后面，也许就有它的孩子。我看到，沙丘上，和蹄印一样，出现了一串打湿沙粒的香喷喷的马奶。

益西拉毛斜斜地跑上了第一座沙山，又直冲而下，像一头猛兽，身后的蹄印变成了两道深深的犁痕。五座沙山，五道长长的犁痕。益西拉毛仍然是一副拼命的架势。我猛然觉得，在它浑身的血液里，已经注入了大自然的意志，它变得神奇了，像大气一样不知疲倦，像多雪的冬日一样，势不可当。毕竟是为了爱的拼搏呀！请原谅，朋友，我不该这样去赞美一匹母马，因为关于“爱”的一切观念，都是人类创造的。

沙山已经远远抛在身后。益西拉毛浑身的肌肉都在紧缩，挤出滴滴晶莹的汗珠。我的心尖颤抖了。如果不是那由稀疏变得密集的沙地植被使脚下大地变得坚硬起来，如果不是它的四蹄又变得轻松，身姿又变得矫健，喘息又变得均匀，速度又变得飞快，神情又变得疯狂，我真想大声对它说：“停下来吧！原路返回。你的孩子就在你清晨出发的那个地方。”我没有说，我的铁一样的心肠，我的大荒原馈赠的男子汉的让一切驯服的意念，使我依旧欺骗着我们可敬的母马。

我俯身睃一眼马肚底下，那奶头似乎变小了，奶汁变成了汗水，变成了蒸汽。马比的卢飞快。洛桑老人，你说过，奶越膨胀，马越心焦。益西拉毛会一直跑到底的。我又一次俯下身看：肿胀的奶头的确变小了。我勒紧左手的缰绳，让益西拉毛跑向隐显一溜儿青色的地方。

于是那青色开始跳荡了，随疾风迎面呼啸而来，像猛兽的群体直面人类的挑战。啊，青海湖——青色的悸动的大海，失去了往日的沉思肃穆，失去了女性的柔情蜜意，也失去了文静的美丽和把人引入往古安谧境地的迷幻色彩，变作了疾驰的石破天惊的颠天扑地的生命潮，令人想见史前阶段、大自然中第一个生命从石隙间迸出时的第一声啼叫。这横亘在时间流程线上的永远不息的声音啊！

大湖来了——那富有弹性的浑宽的前额，那富有旋律的激情以白沫形式的大口喷吐，那用雄性的壮丽绘染而就的深不见底的眼睛。我害怕被吞没，禁不住惧怕地望了一眼益西拉毛。知道它渴了，可我并不是为了让它解渴，我的善良呢？我的怜悯呢？我的感情呢？让这一切喂狗去吧！为了青海湖的和平安宁，为了环湖荒原绿色的生命，我要冷静地迎接残酷对心灵的撞击——让益西拉毛的奶头再次肿胀，胀到滴奶，甚至滴血，甚至爆炸；让这肿胀的痛苦再一次给它神奇的力量。

益西拉毛不喝水，睥睨着湖水涌浪一次次对四蹄的挑逗，沿湖疯跑。一溜儿黑影倒映湖水，像黑色的闪电，划过，划过。我开始乞求它了："喝口水或吃口草吧！"这乞求一直持续到正午热阳直射湖面的时候。蓝天、湖水，都是刺眼的光射。真是会心不远，益西拉毛和我都想到，应该离湖远一点儿。

刹那间，益西拉毛低下头颅，将嘴伸向水边，一口撕下一簇浸湿了的鹅冠草。这样，连续了好几下后，它飞奔着嚼食而去。湖水，远了。在我们和蓝湖之间，有了一片湿润的牧地。啊，青青草色，我又见到你了。你那动人、美丽的眼睛，好像晚上妩媚的月亮。夜是我们的，我们的意味深长的夜哟！

即使在夏天，环湖的夜晚也把寒冷滞留在荒原四角。同样是寒冷的工棚里，库库诺尔和往常一样，挤在我的身边。听着人类忧愁的和快活的语言，它似乎意识到自己存在的价值一下子提高了许多。当我们发出笑声时，它会将自己的喘息声增大，褐色的腹毛一抖一抖的。如果我们叹息,它至少会受到哀伤情绪的感染,把身子蜷缩了，用嘴轻轻拨弄我的被头。一会儿，它蒙眬入睡了，但总是在听到我的鼾息之后。

夜夜如此，习惯了，如同人对荒原的适应，库库诺尔对人群也在适应中有了依赖。在这依赖中逐渐滋生的安全感，使库库诺尔天性的警觉变得迟钝了，为了生存而对外界的抵抗意识也日趋麻木。这夜，当我们被出去小解回来的父亲喊醒时，库库诺尔并不紧张，还以为那不过是它听惯了的“吃饭了”或“出工了”的吆喝，懒洋洋地睁开眼睛，慢腾腾地蠕动着身子。

“来了！来了！牧民们打我们来了！”父亲的声音是令人心悸的。

没有人表示怀疑，更没有人提议，除了逃跑之外还有没有别的办法。

“快！”我对库库诺尔道。

但慌乱中我忘了告诉它快干什么，甚至连“跟我来”这句我平时每天都要对它说上数十遍的命令也没有。

“裤子，裤子，我的裤子呢？”二百五大喊。

而这时我也发现，我将一条腿死命塞进去的那个布筒原来是衣袖。“我的裤子也不见了。”我在床上胡乱摸揣。

父亲过来，一把拖起我：“快点儿！”

“裤子……”

“用衣服裹上！”

人们争先恐后地拥向门外。我当时哪里能想到库库诺尔会将我的裤子撕过去，紧紧抱住。它以为抱住了我的裤子，也就等于我仍然在它身边。直到后来，我在寻找库库诺尔时，意外地在原野上发现了我的裤子后，才知道，这一夜，它是怎样丢失的。

穿行在无边的夜色中，我们也不知道自己应该跑向哪里。直到面前出现青海湖沉稳有力的水浪，而马队惊天动地的奔驰声愈来愈近时，我们才停步，浑身战栗，在恐怖中等待老天赐给我们活下去的机会。我们听到过许多蛮人夷族嗜杀如命的古老的和新颖的故事。故事告诉我们：今天完蛋了，今天要死了，除非我们有本领跳进青海湖，凫向海心山。

就在这等待屠戮的幻灭感中，我发现，人群中并没有库库诺尔的影子。我蒙了，旋即大喊：“库库诺尔呢？谁见库库诺尔了？”

“住嘴！”父亲道。

“人命不保，还管那畜生做啥。”二百五也轻声嘀咕。

我转向他，我骂人了：“它是人！不像你，你才是畜生不如的东西。”

父亲过来，给我一巴掌，然后命令大家：“都趴下！”

刹那间，所有恐惧都在我心上溘然逸去，有的，只是为了库库诺尔的忧急。但我还是愤愤然从命了，因为我必须顾全大局——趴着，夜色至少可以让恼怒的牧民暂时失去追赶的目标。果然，当马队拖着一阵惊心动魄的蹄响潮涌而来时，并没有在我们面前稽留，一晃而过，很快远了。而这时，我们看到夜的深处，有灯光闪烁。

“汽车？”有人道。

父亲肯定了这猜测。于是，我们狂奔而去。

车停了，从车厢里纷纷跳下一些人来。

“站住！”

“是我们！”父亲道。

“站住！”这声音太严厉，所有人都刹住了脚步。

“你们是干什么的？”

“垦荒队的。”

“过来一个。”

父亲大步过去。一见那枪，那枪后面的人，他长出一口气。

天开始放亮了。磅礴的曦潮从湖水那边横溢而来。奔驰了一夜也没有找到驱赶对象的马队，按照晨光的指引，踅回来了。

我们垦荒队的所有人都躲在汽车后面，而那四十来名战士，却匍匐到草地上，举枪瞄准。那大无畏的指挥官半蹲着，用目光数着牧民的人数。

马队停止了奔跑，无所顾忌地朝汽车漫荡而来。大概是看到那些乌黑闪亮的枪筒了，为首一个高鼻阔额的人首先勒马停住。

“干什么的？”指挥官大声发问，尽量让声音严厉一些。

“贡嘎滩的牧民。”高鼻阔额的首领汉话说得不错，声音平和而沉重。

“你们要干什么？”

“撵走垦荒队。”

指挥官站了起来，因为他看清，对方所有人都没带武器。

“你们不知道这是犯罪吗？”

“犯罪？到底谁犯了罪呀！国家给了我们草场，他们却来破坏！

我们的马去哪儿放？我们的牛羊吃什么？”首领的话中充满了忧郁。而当他看清追撵了一夜的垦荒队就在汽车后面时，语气顿时变得吓人：“让他们出来，滚回去！”这声音刚落，马队就出现了骚动，一下子朝前涌过来。

指挥官果断地朝天放了一枪。但在场的所有人都明白，若不是那首领大声制止，枪声并不会阻遏牧民的行动。

“有话好好说，不要靠近我们。”指挥官狠狠地指指身边一字儿排开的战士。

“草场是我们的……”

“哼！草场？这里的一草一木、一羊一牛，都是政府的。”父亲大声道。指挥官又将这话喊给了马队。

“对啊，是政府分给我们的。”首领道。

“他们就是政府。”指挥官马上觉得这话不妥，又道，“垦荒队是政府派来的。”

“他们也是政府？”

“不是政府，为什么还要我们军队来保卫他们？”

指挥官的话显然具有说服力。马队中有人大声嚷嚷着，而首领却怒不可遏地将马鞭举起，狠抽了他一鞭子，然后掉转马头，朝前奔去。

整个马队动荡起来，走了，走了，最后一阵蹄音消逝在远方晨光的斜射中。恐惧悄然消遁，我第一个朝回走去。

“别回去，危险！”指挥官厉声阻止。

“库库诺尔，我的库库诺尔丢了。”

“库库诺尔？是个什么东西？”

“一头熊。”父亲回答着，并没有干涉我的行动。

库库诺尔，你在哪里？就是走遍环湖，我也要找到你。我先去了工棚，吃了点儿东西，便开始满荒原到处游荡。

“大叔，见到库库诺尔了吗？”

“库库诺尔？”

“一头小熊。”

我问遍了散居在工棚四周的所有牧家，问遍了四周的每一方牧草，无从知晓。我开始朝贡嘎生产队的帐圈蹚行了，那儿就是驱赶我们的马队聚集的地方。在一顶黑色的牛毛帐房里，牧家的旗帜、领导人众驱赶我们的洛桑措木用沉默接待了我，但这沉默里仍然蕴藏了寂寞牧家对外来人特殊的好客。他的女儿，那个叫卓玛意勒的小丫头，给我滚好了奶茶，端来了一个盛着糌粑的杨木匣子，还有羊皮口袋，那里面是黄灿灿的酥油。

我边吃边说，说着就哭了。

大概洛桑意识到库库诺尔的丢失与他有关，用极有经验的语气告诉我：“别再找了，你抚养了荒原的精灵，荒原会酬答你的。”

“我不要任何酬答。”

洛桑说：“可是，只要你们活着，那就是荒原神保佑的结果。”

我不服气，可又不想再争下去。

我在洛桑家度过了一夜，第二天，依旧和他们一起吃早饭。卓玛意勒觉得我吃了她做的东西，就应该和她说说笑笑才对，干吗要哭丧着脸呢！他们可从来不这样。

“你们真的是牛马变的？”小姑娘卓玛意勒问我。

“这……从何谈起呢！”我摇头。

“你骗人，佛爷说，你们是牛马变的。”

“既然是佛爷说的，那就一定是了。”我不想和她发生争执，一切脱离了库库诺尔的话题，我都懒于应付。

“怪不得你们吃草。”她兴奋得满脸通红，因为我的话终于打消了她由来已久的疑惑。稍停，她拿出一本脏腻的画册来，翻到一页给我看。画面上，一抹平畴，葱绿一片，田畦间有白菜、韭菜和萝卜，这就是她提问题的依据了。

我有点儿惊讶：“菜，这是菜，我们吃菜，不吃草。”

“菜就是草，我们这儿就有蛮菜草。”我苦笑，不想再解释了。

卓玛意勒以为我在事实面前失去了辩白能力，嬉笑着，又翻出一页：“神鸟，你见过？”

“这是飞机。”

“飞机就是神鸟。”她异常自信，“阿爸说，中国有两只神鸟，一只毛主席骑，一只共产党骑。”

我禁不住大笑，忧伤不知不觉埋进了我心灵深处。我诚恳地点点头，期望她再提几个有趣的问题，回到工棚里，好给大伙儿说了解闷。遗憾的是，她被洛桑呵斥出去了，而我也只好怏怏告辞。

尽管我们那政府派来的荒原使者的身份使牧人们感到了一种威慑，但我们的形象太寒碜了，毕竟与他们对政府图腾式的崇拜无缘。洛桑措木亲自来到我们工棚，说他们还要看看荒原神是不是愿意容纳我们，验证的办法自然要按照他们的习惯。

在洛桑措木离去后，父亲召集我们开会，商议的结果其实也就是父亲最初的打算：为了保证垦荒顺利进行，必须派人参加祈福于神灵的仪式。父亲是无私无畏的拓荒者，他要一个人前往。

“我呢？”我生气地瞪视他，“我是你儿子，我有义务保护你。”

父亲笑着拍拍我的肩膀：“你嘛，高兴的话就给你老子准备后事。”

也有人附和着发出几声压抑的笑声，而我只有难过了。

“听话听话，你父亲说得没错，他死了有你，你还得给他续香火哩。”

“呸！”我啐向他。续香火，不就把一个男子汉和一个女人拉扯到一起吗？简直是侮辱。狗才想女人呢，我只想我的库库诺尔。它就是我们的香火。我不仅是父亲的儿子，我还是一个真正的荒原男子汉。我，谁也管不着。

那天，我悄悄尾随父亲去了。在一片鲜亮的草地上，用草皮垒起了一个四方四正的祭坛。一尊不知从哪儿请来的铜制佛爷立在祭坛中央，由四盏酥油灯围拢着。祭坛下是洛桑措木。他以额捣地，边捣边小声祝祷。忘记他当时磕了多少头，留给我印象最深的是，那祷词要是写出来，足有满满十页。接着便是父亲拜佛。他按照汉族的习惯，只磕了三个头，然后叨咕了几句什么。

这之后，洛桑带着父亲来到一口大锅前。四周的牧人忽地围过去。我被他们裹挟着，顾不得躲开父亲的目光了。那铁锅被三块石头支起，下面有火，锅里的水已在飘着热气，水中浸泡着一层碎石子，石子上面有两个面团。

洛桑措木告诉父亲，他可以任意捞出一个面团。父亲依了。剩下的那个自然就得由洛桑捞出来了。接下来，父亲像模像样地将面团掰开，显出一撮白色羊毛来，而洛桑手中的羊毛却是黑色的。

顿时，牧人们一阵喧嚣。

我紧张极了，不知神灵裁定的结果到底怎样。直到洛桑措木从他女儿小姑娘卓玛意勒手中接过一碗奶茶捧给父亲时，我才长舒一口气。白色的羊毛，荒原中的吉祥物。父亲赢了，我们胜利了，垦荒有希望了。

我跳到父亲面前，夺过他手中的碗 ：“我也要喝。”

父亲却转身走向神坛，再一次跪下了。

这时，卓玛意勒端着一碗奶茶飘过来，从我手中换走了父亲已经饮了一半的茶碗。我喝着一定是特意敬献给我的奶茶，高兴地朝她眨眨眼。她笑了。

几年后回想起她的笑容来，我始才悟到，她在那么小的时候就期望着我不要离开荒原，因为她日日被寂寞拥抱着，她需要满足，如同我要用库库诺尔、用蚂蚁来安慰我渐渐向外开放着的心灵一样。在她眼里，我们是来自另一个世界的一群稀奇古怪的人，我们的许多举动——说话、喜和怒的表情、走路，甚至一声咳嗽，都会在她多棱镜似的脑子里变幻出各式各样可笑或可爱的形态来。

可怜的小姑娘，她试图用观察、揣度我们来充实她缺少变化的生活。而当时充溢我脑海的，却只是对荒原神的感激——我第一次感到了神的威力。

第四章　大地密宗

劳累至极的益西拉毛，终于超过了最好的骏马所能达到的那个跑程。疲惫的高峰过后，会出现力量的回升，向前，向前，以原始的生命力那不可遏止的情态气势奔驰向前。我暂时不必为它就要栽倒而担心了。

我极目远眺，好啊，澄澈的天空，天空下那发光的石头，没有苍苔点染，没有潮气浸润，如同我的心，缺少的从来就是泪水。天光乏味而困顿，像垂垂将尽的一个古老哲人的回光返照。绿色早已溃退了，人和自然的默契也被人类一眨眼的疏忽所破坏。我们，我们的母马——雄壮、急速的进行曲中的生命，在大荒原中颠簸，如陨星俯冲而去。

是的，我们在无阻无拦的天空中，天空在阳光泛滥的混沌中，那儿，似乎永远不再有雪花飘落和大雨倾盆了。

自从那次神秘而狞厉的荒原神走进我的心境，并在那个气象万千的世界里占据了一块地盘之后，我再也没有见到洛桑和卓玛意勒。

我去找过他们，除了希望在路途和他们的帐房四周意外地发现库库诺尔外，还想看到卓玛意勒。她那花花绿绿的藏袍，那稚气而自负的神情，那牧家天性无拘无束的表露，竟让我觉得，她也许是可以代替库库诺尔的。可是，什么也不存在了：帐房、牛羊、牧狗和那种浓郁的酥油味。来也匆匆，去也匆匆，像云，像烟，像神奇的梦。后来我才知道，他们转移草场了。年年如此，不同的是，那一年的荒原迎来了垦荒队，也迎来了人祸：卓玛意勒身边消逝了阿爸洛桑的影子。

我们的垦荒却还在继续，秋收了，所收无几，近百亩农田竟不能奉献两千斤原粮，也就是说，还没有我们播撒进去的籽种多。可这有什么要紧呢？对父亲、对奋斗者来说，担忧的就是事业的顺利。没有挫折，哪儿来人生！在父亲的鼓动下，在我们热血的沸腾中，失败反而加强了我们创业的信心。

秋气刚驻足，酷寒就来了。在秋天的落寞苍凉中，在漫长的冬天里，垦荒队人人渴望着来年，渴望着色彩——大地的绿色和大湖的青色，还有湿润而美妙的暖季的霞霓，天空中白云莹洁的闪光，草场如思春期把鲜花戴在头上的姑娘般的明丽，那清芬充盈的色彩哟！

而对我来说，最大的收获便是我已经渐渐摆脱对库库诺尔的魂牵梦萦。荒原可以无限延伸，我的心胸也日见扩大。我隐隐感到，我浑身的肌肉在夜夜鼓起，那种让我憧憬的顶天立地、无忧无虑的男子汉形象已经和我的身心融为一体了。

然而，我没想到，我的自我意识的人为膨胀，会被那次天光地光水光冰光的轮番轰炸所粉碎。它滤清了我对春天、对人生未来、对大自然的遐想和寄托，恢复了我初来荒原时那种胆战心惊的感觉。

那真是一次来自洪荒又展示了若干年后宇宙爆炸奇观的声光表演。冬就要去了，春即将来临，但如果没有开湖，也许季节和气候都会在这将去将来的过程中无休无止地演进下去，到最后便是春也没来，冬也没去。好在不可逆转的开湖有史以来还没让荒原失望过。终于有一天，风细了，枯黄的牧草静了，郁闷的天空晴朗了，畜群在湖边踩碎了阳光。突然，羊群一阵骚乱，在牧人的吆喝声中挤挤蹭蹭跑向离湖远一些的草坡。粗风铺地而来，又挟带草枝草叶卷上半空。一会儿，一股更为强大的气体从湖面勃然腾起，又回旋着滞留在天和湖的夹缝中。湖面顿时变得迷蒙缥缈，一派蓬莱气象。

开湖了，按照古老的传说，也就是天妃水女洗澡了，鬼怪神魔要抢媳妇了。谵妄的嘶叫，怨怼的反抗，搅得周天动荡。铿锵瞠嗒的冰的激进，转眼又变作噗喇喇的击水声。大湖，感谢你，你让我如此强烈地听到了你的心音。

而更让我目瞪口呆的是接下来的湖光的辐射。先是一片玉鳞荟萃的光斑，荧荧烨烨闪烁而来，渐渐升高，被阳光一照，又成了洒金的天帷，然后开始燃烧，映红了急速变幻的冰的光柱。于是，大湖又变得煌煌熠熠了，如同暴跳如雷的数万只猛兽在湖面来回翻滚，泯灭了又烧起来了。而在更远的鸟岛那边，道道白光凌空越过，在和阳光迅速交配后生出一层浑黄的声色俱厉的透明物来。桑榆之光，理无远照；热阳之晖，与时并明。晴空一下子碧透了，冰声浩荡的大湖之上，突然又由三色组成了一层偌大的板块：绛紫色、铁灰色、赭红色，渐渐变厚，变淡，消逝了。

猛然间，湖水不再喧嚣，冰块碎了，凌凌乱乱成了安详的漂浮物。远方，是黑魆魆的地平线，近一点儿，是灰蒙蒙的岚光，再靠近，便又成了蓝幽幽的湖色。离我们最近的湖水则又是绿莹莹、碧汪汪的。

天妃水女胜利了，由于她们的身子还保持着纯洁，她们高兴让湖色和草色携手并进，泱泱环湖也就有了新绿芊芊。馨风、香露、霞色、岚影，还有鸟声、兽情，蓦然麇集在我们脚下的这块土地上——春来了。

但这只能带给人暂时的愉悦，开湖的壮美和开湖所造成的妙景马上偃卧在了超出我们视域的那个角落里。它属于未来，属于荒原春深之后的那个时令。

荒原上的季节，真正可怕的就是开湖之后暖季到来之前的这段日子，也就是春天。大湖的声光表演悲壮地结束了，恶鬼恶神的反扑是不遗余力而充满血腥味的。不住地刮风，不住地降雪，寒流板结成铅块，压得人头老是缩在并不暖和的大衣领子里。而牧家的牲畜却面临着更大的灾难——走向深渊，冻死和饿死已是司空见惯的事了。有时候，那吹醒大地、复苏万物的春风，甚至会掀起帐房和棚圈，像驱赶小土粒那样把牛羊一扫而光，再把人凌空托起，托向青海湖那正欲解冻的冰层，随冰块一起翻腾消亡。

更惨的是那些大鸟，高崖上的巢穴随崖石吹落，它们只好在空中翻飞，不一会儿，便被风逼向断壁，一头撞死。而那些啄食过荒原人祖先骨肉的胡兀鹫会在饱餐一顿亡畜的冻肉后，突然被一阵飓风压趴在地上。一种被称为荒虎的旱生植物，被连根拔起，顺风飞翔，又随风直捣鹫鹰。怪就怪在它和飞禽素有缘分，尖利的茎秆会准确无误地穿透鹫鹰乌黑的脊背。荒原的春天，是死神喃喃细语的日子。

按照上级的指示，我们莫名其妙却心甘情愿地开拔了，去荒原深处寻找新的处女地。已开垦的农田，我们把它交给了邻近的那个县。

依依不舍哟，我们是被骄傲宠坏了的拓荒者，除了贡献，我们还有潜藏心底的个人目的，那就是让荒凉培育起我们的自豪感，让艰苦赐给我们一顶毫无价值却光彩四溢的桂冠，尽管这桂冠的作用只等于一场时有神鬼出现的华彩的梦。我们慷慨地抛下了果实，又去别处豪迈地摘取。我们是奋进在荒蛮大地上所向无敌的征服者，我们万岁！

天冷风大，眼看就要下雪了。

父亲说：“天晴了再走，不然会有危险的。”

然而比真理还要阴沉十倍的天气凝滞不变地欺骗了我们整整一个星期，那黑色厚云在一阵虚张声势的低空飞渡之后，心满意足地载拥着那盆欲落不落的大雪杳然逝去了。荒原在原始浑朴的太阳光中露出了那副淡漠于历史和人世的平和模样，超然物外的沉默羁留在了每一片土地上，太初景象变得更加实在而又悠远。

我们出发了，行进在奔赴新垦地的路上。谁也没想到，飘逝的黑云会急急返回，第二天，我们便遇到了一场骚动旋舞的荒原春雪。

炽白的恢弘的烟气把地球表层的赤褐和苍黄的固有色一瞬间盖去了，也盖去了时间的推进和物质的运动。创造力留在大地上的所有痕迹荡然无存。雪沃荒原，让荒原消逝；白粉涌塞，白得什么也没有。那遥远的地球的童年和第十二条银河中的数亿星球，大概就是这模样吧。

这场大雪依旧表明了荒原对我们的拒绝，可我们没有任何理由放弃这个接受挑战的机会。我们继续进发，在雪原上拓展出一道黝黑的深壑，哪怕这深壑每天只能延伸几十米。哪怕再往前，会有雪坑陷进我们的身子，然后由雪粉掩埋。亘古的荒原，多少年了，直到今天才出现第一代拓荒者。后人会记得我们，环湖的历史会写下我们。这就够了，一切都有了，我们还能期望什么呢？

只是在后来，当我追忆起当时的情形时，我才猛然想到：在雪片缀就的帷幕后面，是舞台，是一出有声有色却滞重舒缓的历史剧。

那天早晨，我们掀掉雪被，从雪窝子里爬起来。和平的大雪，让荒原免于刀痕斧伤的大雪，突然枯竭了。

"晴了，晴了，出太阳了。"我站起来，又蹦又跳。

父亲却一脸呆滞。他坐在雪窝子里，将耳朵用手掌捂住。马上，所有人都开始打战了。我的四周一片牙碰牙的"咯咯"声。

"怎么啦？快起来呀，天晴了，我们该走了。"

"我们该走了。"父亲抖抖索索站起来，大声催促着，要大家赶快准备开拔。

"向前进，向前进……"我唱起了歌。

"进？已是寸步难进了，退！向后退！"父亲朝我吆喝。

我惊愣着，等要问他为什么时，突然觉得浑身已经冰凉，嘴唇和舌头也死僵僵的了。

荒原的早晨和往常一样有风，那劲风似无数针芒，悄悄钻透衣服，嵌进皮肤。再也不能迟疑了，二十分钟后，我们开始原路返回。谁也不说话，谁也不能说话了，脸上、身上，每一块肌肉都变得麻木僵硬。

突然，我眼睛一闪，心里一阵发怵。“谁的？这是谁的？快捡起来！”我在心里大喊，又看看前面那一溜儿缓缓移动的人影，拾起那东西，费劲撵上去，一张脸一张脸地察看。

“爸爸！”我在心里凄然叫道。父亲朝我做了个“快走”的手势。我没动，将那东西捧到他面前。他一下呆了，旋即又前后看看。

“你的，这是你的。”我指指他的脸。

他摇头，他不相信，因为他什么也没感觉到。

我们光荣的垦荒队员的第一只冻掉的耳朵就这样出现了。而当有些人发现了父亲脸上的异样，去揣摸自己的耳朵时，由于紧张，由于要让自己确信耳朵还在而过于用力地摇晃，又有三个人的四只耳朵倏然脱落。

我们来不及互相表达我们的害怕，又让父亲逼着，心惊肉跳地朝前趱行。但很快便走不动了，累了，心绪黯然，体力不支。更主要的是，我们的双腿已经冻硬，难以弯曲，双脚呢，也好像冻掉了。好在这不是事实，好在……狼来了。

是狼，荒原上雪天里的饿狼，就在我们前面，一只、两只、三只，一共五只。我数着，还有一只，在我们身后，远远地，循着我们的踩痕爬来了。我们就要死了，饥饿会使它们比平时凶残一百倍。而且，我们已经失去了反抗的能力。

我感到深深遗憾：这辈子就这样死了吗？可我并不害怕，我从来没害怕过狼，一开始，我就是准备埋尸葬骨于荒原的。可是，我从父亲、从丢了耳朵和仍然具有耳朵的别人脸上看出，他们不甘心就这样做了荒原狼果腹的食物。不甘心啊，我也不甘心。我抚摸我硬邦邦的双腿，这铁块一样的筋肉，这已经变得冰一般坚实的血浆，狼咬得动吗？我倒要看看它们的利牙是怎样碰折的。感谢我的知识的贫乏，我那时还不知道，这就是人在自然面前的黑色幽默。

狼，近了，嗥叫着冲撞而来。我们凝视着，等、待、死、亡。突然，面前的五只狼朝一起聚拢，也像它们的食物那样凝然不动了——它们在等待什么？一会儿，五只狼齐齐发出一阵瘆人的长啸，回身跳了几步，又转头瞪视着我们。这样重复了几次后，我们和它们的距离便拉大了。莫非，这是它们的蛊惑，是阴谋？我突然记起，在我们身后，还有一只狼。我猛回头，一下惊倒了。

那狼就在离我们十步远的地方。它"嗷嗷"地叫着，爬过来了。不！不是狼。我朝前扑去，和它拥抱，和它亲吻。它也在拥抱我。我的库库诺尔，"嗷嗷"地叫着，也在拥抱着我。

所有人都把目光投向我们。我领着它，也许是它拖着我，来到父亲面前。父亲笑了，它也"嗷嗷"地笑了。一切都已经过去：狼、恐惧、对死亡的深憾。

库库诺尔伫立着望望前方，朝前爬去。高傲的荒原之王，我们的库库诺尔，让狼受到了死亡的威胁。狼群绝望地嗥叫着跑了。

按照父亲的意思，我抱着库库诺尔，让它给我暖热了身子，然后，我带着它，离开了他们。我要去寻找荒原的主人——那个年少的姑娘和洛桑措木，或者别的牧家。覆雪的荒原，哪儿有炊烟，哪儿有抖动的帐房？

我们走走停停，不知朝哪个方向迈步。严峻的使命逼出了我的眼泪。库库诺尔却以人世间罕有的勇气，毫不动摇地朝它以为应该去的地方走去。那地方是什么呢？有人吗？我对库库诺尔说。我们要去寻找牧人，你可别把我引到野兽堆里。它眨巴着眼睛摇头，一副胸有成竹的样子。我相信经过这一段独立自主的流浪生活后，它成熟了，更相信它明白了我的焦急，它的荒原之王的灵性会使它成为我们人类的恩公。

两个小时后，库库诺尔把我带到了一条清亮的河水边。河那边，羊群荡接牛马，漫漫散散。几座雪包突起——我看到牧人的帐房了，还隐隐听到一阵马蹄在覆雪上踩出的急促的“嚓嚓”声。远处，年少的姑娘卓玛意勒穿过羊群，纵马朝我奔来。我赶紧将库库诺尔藏在了我身边的岩石后面。

“你阿爸呢？”我大声道。

她立马河边，虎视眈眈地瞪着我：“你找我阿爸？”

“快！快去叫你阿爸！”

“我阿爸不在，他走了，远远地走了。”

“去哪儿啦？”

她不回答，警惕地望望我身后空荡荡的原野，又道：“你找我阿爸干啥？你们要抓走我阿爸，去给他吃草？”

这不是天方夜谭吗？我纳闷了，但又不想细细追究。“胡扯什么！”我说，“小妹妹，快去叫帐房的主人，我们的人困在大雪中了，他们就要死了。”

小姑娘沉吟着，片刻，道：“你真的不是来抓我阿爸的？”

我急得大叫：“我发誓，我向佛爷发誓，向荒原神发誓……”

小姑娘还想问什么，那马瞅见了岩石后面探头探脑的库库诺尔，顿时浑身打战，又忽地扭转身子，没命地朝回窜去。

卓玛意勒再也没有照面。在我觉得等待便意味着死亡的时候，我一下子抱住了我的小熊。库库诺尔，你和荒原一样，也是一个矛盾体：你救了我们，也害了我们。因为我相信，那个小姑娘是由于害怕库库诺尔才这样绝情地丢下我们的。

但不管怎样，我们必须在一起，岩石下，我和库库诺尔紧紧抱在一起，久久不能分开。等我感到我的双腿可以运载沉重的身躯去完成我们的使命时，我毅然抛开了它给我的温暖，扶着岩石站了起来，向那希望所在的覆雪的帐房眺望。

怎么搞的，是白雪刺坏了我的眼睛，还是冰壳在眼皮之间拉起了一道门帘呢？除了白皑皑的积雪，除了无限伸展着的雪原，我什么也觅不到了。好在我的脑海——人类的脑海是不会结起冰层和冷冻成别的固体的，我马上明白了刚才发生的一切：他们走了，赶着畜群、驮着毡帐远远地走了，那个和小母狼一样残忍的卓玛意勒也走了。

可为什么要走呢？躲开了我们也就等于躲开了荒原的未来，躲开了一伙温顺而英雄的人群。我们是温顺的，任何一个冷酷无情的城市人只要一踏上荒原，都会变得温顺多情起来。

我再也无力迈出步子了，昏昏沉沉歪倒在库库诺尔身上。世界屋脊，洪荒觊觎文明世界的高地，在这里，人比动物更无能。库库诺尔似乎突然明白：它那种依赖人类生活的温情脉脉的日子已经一去不复返了。它轻轻卸去我身体的重压，兀自前去。

“回来，库库诺尔！”我乞望着它，含含混混地喊叫着，看它犹豫不决的样子，便蹭着雪地连滚带爬地朝它扑去。我扑在它身上了，胳膊箍紧它的身躯，两手牢牢撕住了那黑色的有点儿扎手的皮毛。

库库诺尔明白我的意思了，回过头来，用舌头宽慰地舔舔我冰凉的额头，慢腾腾却十分稳当地朝河水上游爬去。就这样，在黑夜和白雪吻合的时候，它将我送进了一道松杉掩映的仰光门。

这是人类社会中的另一种世界，是荒原上的一处神秘、恐怖、狞厉而又以慈悲为怀的密宗院。我不知道那些融心于色空之境的喇嘛们是怎样将我和库库诺尔分开的。等我完全清醒时，我已经躺在一间僧舍的炕上了。

舍内无人，只有一盏青灯在我眼前闪烁。我支撑着身子坐起来，这才发现我的双脚裹了一层湿漉漉的黑布，鼻腔里却塞着一粒坚硬的石头。我想将石头喷出来，突然觉得一股说不上是什么味儿却异常难闻的气体直贯嗓子眼。我一阵恶心，俯下身去"哇哇"直吐。

门开了，一个年少的喇嘛走进来，一见我这个样子，惊喜地叫了一声，然后将我脚上的黑布剥去，又从地上捡起那粒石头，快快走了出去。

我明白了，他们就是用这种神授佛传的办法驱走了附在我身上的魔障。鬼知道那石头是个什么宝物，反正它让我觉得浑身松快了许多。

"库库诺尔！"我的目光朝四周忽忽直闪，"腾"地跳下炕去，光脚扑向门口，又倏地止步了。

卓玛意勒，像天使一样降临在了我面前。她低着头，双手端着一个有厉鬼群像绘饰的木盘，盘中是一碗奶茶、一碗糌粑。

"大哥哥，你饿了吧？"她细声道。

我点点头，端起茶碗，一仰脖喝了下去，这才问她："你怎么在这儿？"

她跨进门槛，将木盘放到炕上，撩起眼皮怯生生地扫我一眼。

我发现她的腿有点儿瘸，更加好奇地问道：“说呀，你怎么在这儿？”

“我来找阿爸……”

突然，我记起了我的使命，将茶碗扔到炕上，一下揪住她：“快说，你阿爸在哪儿？洛桑在哪儿？”她不语，我急了，扭头朝门口大喊：“快救人哪！我们的人困在大雪中了。”

一个身披紫色袈裟的老喇嘛进来，微笑着抚摸我的头，用生硬的汉话解除了我的忧急——

洛桑已经走了，带着人马搭救垦荒队员去了。

在这之前，整整一个月，他没有走出过这座密宗修炼道场一步。他是来这里躲避“责任”的。由于那次他带人驱赶垦荒队，上级认为有必要把他请到州上去，去干什么，谁也说不清。不知是哪位寺院高僧的妙算，就在请他去的人和车来到贡嘎之前，两个小喇嘛将这位虔诚的教徒、贡嘎牧人中德高望重的主心骨领到了这里。密宗院的住持是州政治协商委员会的委员，属于有影响、信得过的统战对象，俗世间的熙攘纷争至少暂时不会涉足这块清虚无为之地。

但洛桑毕竟是洛桑，他怎么可能为了自己藏身而见死不救呢？在听到骑马跑来的卓玛意勒的陈述后，他以荒原人不计后果的愤怒，一脚踢伤了女儿的腿，望着面前的佛像说：“佛爷啊，佛爷的信民不是这样的，荒原牧家的做派也不是这样的。”

他走了，先去召集人马，再去寻找那些骄傲的拓荒者。

在这个庄严宝相的世界里，在我等待父亲他们被救消息的那一日，我用那种小时候恐怖地揣度黑夜的心理，观遍了寺院的每一座殿堂。我看到了什么呢？我钻进关着库库诺尔的那间房子里，坐在它身边仔细回想，还没想出头绪来，就听到外面有卓玛意勒的哭声。

我们的人得救了，而洛桑措木却被带走了。

“你们放心，我一定让洛桑回来，要是枪毙他，我就去替他死！”在卓玛意勒和那几个来报信的牧人们面前，我像一个真正的男子汉那样挥拳表示。这一次，我真的长大了。

由于我们全体垦荒队员联名写信给州政府，请求放出洛桑，更由于去州府医治创伤的父亲和另外三个队员的当面陈述，洛桑回到了家园。牧人们感激我们，也感激佛爷的保佑，更感激政府的宽宏大量。洛桑没有缺胳膊少腿，只是被教育了几天，有饭吃有水喝，教育教育又有什么要紧呢？

第五章　这里是上帝的故乡

无恒的奔驰，有恒的精神，淹博世界中的益西拉毛，宇宙间一颗奕奕有彩的彗星。我赞美你，仅仅是因为你能驮着我在失败的道路上癫狂。失败的道路——爱的历程。大概所有的悲剧都是由于爱吧！爱是残酷的，比恨残酷一百倍，这永恒的美丽而崇高的残酷啊，在益西拉毛恣肆飞扬的四蹄下，在煊赫的如鼓如雷的喘息声中，辐射出道道灵光股股精气。哲人说，爱和寰宇一样，既没有开头的痕迹，也没有结束的前景。我们不过是一抹流泻的情绪、一道短命的亮光。可是，这滴血的爱，这新痂盖着旧痂的爱，却以自身的运动和外来的推力，无限地离开着它的原始模式。

益西拉毛，你爱所以你忠，可忠再向前发展一步就成愚了。愚蠢的益西拉毛，我们在溃败的道路上奔腾跳跃，我们相依为命。只是，你有爱的寄托，有从你的骨肉中分离出的小马驹儿。我呢？啊，假如我顷刻倒毙，最遗憾的，大概就是我没有给这个世界留下我的健全人的生命的象征。但这能怪我吗？如果我的花儿愿意，如果我能够把我对卓玛意勒的放浪分一半给我的花儿，我就会有一百个孩子，男男女女，广布环球。

一百个孩子每人手植一百棵草或树，我们和大天大地就协调一致了。可是，命运让我乘荫纳凉的却是一棵不会结果的母树。不不，我的母树是拥有果子的，可我不愿去品尝。卓玛意勒，你怎么就不问问我，为何不喜欢那个孩子呢？是由于孩子是别人生的？

灼灼溢彩的益西拉毛，我们神奇的母马，好像越跑越有精神了。若不是四蹄上拴着整个地球磁场，它一定会成为自然界的第一个飞行家。不，我们已经腾空而起了，我们在轻翔。我站在宇宙空间望地球，望见了我的青海湖。而在它的四周，大山大地都成了几抹黑色的抽象写意。人呢？那么多宏伟的高楼呢？广阔的田野、黄河长城呢？一切都隐去了。只有环湖荒原那类似月球地貌的灰黄颜色的任意涂抹，成了生物繁衍地和活动场的浓缩，给我以地球如弹丸的宏观印象。在宇宙的显微镜下，人类不过是一团粘在一起的微生物，宇宙的尺度从来不屑于衡量人的行程和人生历程，包括我们这次一千里环湖行。

是的，在宇宙面前，人类是孤独的。这孤独的环湖奔驰啊！但是，我相信，在我们进驻环湖的第三个春天，宇宙间所有生存着智慧生物的天体都接收到了那个来自地球的强大信息——残酷的人与荒原的吻别，竟使荒原咬了人一口，荒原因此而变得伟大和深刻了。

假如我是一只斜睨过先人围猎于环湖的苍鹰，我将老死在荒原兀立的峭壁上。我要是一条饱经沧桑的裸鲤呢？即使用十年漫游大湖水域的时间，换来不到三斤的体重，我也愿意在冰凉咸涩的水中再浸泡三十年，等待被渔网兜住后扑腾几下的那一刻。最可歆羡的当然是鹤鸟，年年出国去东南亚，而年年又飞归荒原，栖息在面积仅有 0.8 平方公里的湖中小岛上，给环湖的景致陡增一缕诗情、一抹画意。

可我是人，而且是一个荒原的客人。我们就要离去了，魂魄却被一种感怀和忧伤挤兑给了荒原——新生的农田，尽管麦苗稀疏低矮但昭示着人类意志的农田；五只无声无息、无怨无恨地别离了人体的耳朵;迸射火焰的青春的精力和金色的时间;还有，我们的激情，和荒原一样博大，和大气一样无限扩张着的激情。而我们获取的是什么呢？拓荒者的骄傲，豪风一般威风凛凛的人生，还有，库库诺尔。

我们就要走了，进驻环湖的所有垦荒队员都要走了。回城去，那又是一种生活，嘈杂而充满诱惑。库库诺尔，也将和我们一起，经受那个杂色环境的磨砺。库库诺尔欢天喜地地看着我们准备行装，听着我们不时地对它进行城市生活的启蒙：

“别在马路上乱跑，会撞上汽车的。再说，你这模样，谁见了谁害怕。那儿没有草原，不要紧，我们会给你找到绿地的……”

我们还没拿定主意，是送它去动物园呢，还是让它去马戏团?但如果有更理想的条件，我们，尤其是我，会让它待在身边，会让它有更多的自由。库库诺尔“嗷嗷”地叫着，用手挠我的脊背。我抽身拉起它的手。

“我们就要离开荒原了，库库诺尔，你不想告别你的故乡吗？”

小熊“嗷嗷”地叫着，我领它来到工棚外面。严峻的实实在在的大地，高远而空灵的大天，拔地而起的观潮山。库库诺尔和我一起仰头眺望远方。这远方渺无绿荫，也没有那种深邃博大的气氛——浑莽的山冈切断了我们的视线。

我带它往前走，等我们涉过拉秀河、爬上山冈时，垦荒队的队员们也跟了上来。不远处，环湖牧家——新的垦荒者已经在那里劳动了。曾几何时，他们还像古板而残酷的荒原，本能地拒绝着我们。人就是这样，总要被一种自己所信服的力量所驱使，才会心甘情愿地行动。政府要你开荒，你不干，你要听命于佛爷，好啊，那就让佛爷去说服。佛爷说：“环湖的牧人年年都得用大量的牲畜换青稞，就这样，还是不够吃，政府也是为了我们好啊，听政府的话，开荒就开荒吧，草场不够就少养一些羊，等于用它们换了青稞，青稞会长出来的，青稞会长出来的。”

到底没有务农的经验，这些开荒种田的游牧民的后代骑在马上，马后拖一把木犁，“咣咣当当”地转着圈子，不时从褡裢中一把把抓起麦粒，扬手撒向两旁。麦粒儿落到草丛中，美了那些啁啾的百灵和麻雀，密密麻麻跟在拓荒者的后面，你撒一段，它啄一节。而马背上的人像个布施芸芸众生的现世活佛，慷慨而大度，连回头瞧一眼的举动都没有。真遗憾，我们要走了，不然我们可以教教他们如何开荒。

在更远一些的地方，是去年大雪消融后，我们第二次进军荒原深处的战果——我们的新垦地。散漫的多层次的鹅黄在考虑自己是不是再高点儿，壮点儿，绿点儿。那种摇摇晃晃的沉思状，令人想见童稚学做爸爸时的滑稽模样。正值春日，它却已经有了秋天的哀愁。

其实，如果我当时清醒一点儿，就一定会发现，病病歪歪、先天不足的禾苗不过是在顾盼，想高天也许会恩赐几滴雨水，想清亮的拉秀河水会突然漫溢而来。然而，即使有了雨水，即使我们把河水引入田地，庄稼也依旧是苟延残喘罢了。这里比贡嘎那地方的气候还要恶劣，庄稼是不会成熟的，到不了颗粒饱满，一场秋霜或一场八月雪，就会无情地打蔫它们向人类奉献粮食的无畏精神和儿童般痴迷的玩兴。

片片鹅黄中间，是一块块焦黄龟裂的无苗地，是要故意气气我们似的喷吐出道道刺眼的光线。可我们有的是对土地的信心，如同我们倔强地不去怀疑我们自身一样。尤其是在土地还不能奉献，甚至比原来更糟的时候，我们更加确信：我们的整个精神都寄托在这里的贫瘠荒凉上。是啊，人怎么可以否定自己呢？历史和现实还没有教会我们。

父亲哭了，我们的眼里也都盈满了咸涩得和青海湖一样的水。看惯了环湖夏季的葱绿，见不得失去了植被的灰黄的土地，因为我们的双眼都已经被绿色浸泡透了。多少年以后，我回想起来，才隐隐感到我们流泪不仅是由于惜别荒原，我们有更加深沉而没有自觉到的伤感。我们就要走了，带着大荒原的馈赠——库库诺尔，远去。

回工棚的路上，人人都不说话。连库库诺尔也不再“嗷嗷”叫了，也不再顽皮地撕拽我们的衣服了。走下山冈，我再次绾起裤腿，拉着库库诺尔涉进拉秀河。就在大家跨上对岸穿鞋放裤腿时，父亲不小心赤脚踩到一棵黑芒草上。茎秆上的硬刺一下子在他右脚掌上划出了一道深壑，血往外直渗。

“疼吗？”我问。

“疼？什么叫疼？”父亲笑着坐下，就要穿鞋。

“可惜啊，白白流走了。”有人道。

父亲想想，朝库库诺尔一笑：“不如让库库诺尔舔了，给它补充点儿营养，好上路。”

谁也没有想起去阻拦，都好奇地看着父亲跷脚伸向被我拉过来的库库诺尔。库库诺尔犹豫了一下，像人们期望的那样伸出了舌头。它歪斜着头舔啊舔，血没了，脚掌上却湿漉漉粘满了唾液。这是它第一次尝到人血的滋味，似乎要格外回味一番。

父亲突然感到不对劲，猛地缩回脚，而库库诺尔却将头伸过去，一只前掌牢牢地将父亲的脚按住了。父亲一声惨叫。等我们反应过来，将库库诺尔推开时，父亲的脚上已经撕去了一大块皮。库库诺尔在一旁“咔吱咔吱”咀嚼着，那样得意自在，好像我们养活它，本来就是为了让它撕咬我们的皮肉。

我跳上去打它，这是第二次我对我的库库诺尔实行暴力，一点儿也不怜惜，似乎它生来就是被人仇恨的。父亲喝住了我，毕竟库库诺尔是我们养大的，是我们的朋友、孩子。我们架着父亲回到工棚，马上给他包扎。

生火做饭时，父亲觉得憋闷，我把他搀到工棚外的草地上坐下，望着库库诺尔从那边缓缓爬来。它爬几步，停一下，望望我们这边。

“它后悔了。”我说。

父亲道：“生灵嘛，到底是知恩的。”他放心了，那会儿，他最担心的，就是我对库库诺尔的怨恨。

“库库诺尔，快过来！”我喊着，“你给我父亲赔罪。”

它好像听懂了，加快脚步，“呼哧呼哧”走来。这喘息我们过去很少听到过，我突然意识到库库诺尔长大了，和我一起长大了。但这并不影响它在我们眼里的地位，失去了天真和憨傻，它更会懂得去爱，如同我们对荒原的爱会与日俱增一样。我又朝它招招手，然后回身进了工棚。

男子汉在一起做饭，总是你推我让。我不会揪面片，那些人就让我和面。我记得，当时我已经把面粉摊在案板上了，似乎就要去水桶里舀水，突然被一种异样的倒地声拽到了工棚外面。

草地上，父亲仰身躺着一动不动。而库库诺尔，这只野性不改的瞎熊却伏在父亲身上，这次不是咬脚，而是胡乱撕扯衣服了。我惊得半晌不知所措，还是二百五机灵，操着一根扁担，跳过去朝熊头狠狠一击。瞎熊头一摆，忽地掉转了身子，气势汹汹地朝二百五逼来。他不敢跑掉，又不敢再打，大喊一声我的名字。

我明白了，似乎只有我这个给它喂过奶、给它拌过食、给它起过名，还搂它睡过觉的人，才会让它清醒过来。

我跳过去："库库诺尔！"它不再动了。"库库诺尔！"我又听到了它那预示成熟的喘息，不禁涌出一股憎恶来，因为成熟似乎意味着用不着再爱。

它又开始迈步了，离我那么近，目光那样凶悍、诡异地瞪着我。我从二百五手中夺过扁担，朝它捅去，谁想，竟被它一掌打掉了。

"库库诺尔！是我！是我呀！库库诺尔！"

它似乎不懂这是什么呼唤，继续逼近着。它永远不懂了。我浑身冒汗，不由得朝后退去。这时有人递给我半盆面粉，我牢牢端住，瞪视着库库诺尔。等我意识到这只凶猛残忍的瞎熊就要扑过来时，我忽地将面粉泼了过去。它停住了，闭着眼睛摇头晃脑。这工夫我被大家拽进了工棚。工棚的木板门紧紧关上了，我浑身发抖，喊着父亲。

父亲已经不会答应了，瞎熊猝不及防的迎头一掌，竟使他连一声惨叫也来不及发出。他死了，就这样死了。在我们告别荒原的时候，父亲，被我们挚爱过的荒原的主人击倒了，永远地击倒了。蓦然之间，我想起了那个黧黑的夜晚，我们乘着解放牌汽车进入荒原时“啪啦啦啦啦”的声音，我想起了母熊死在汽车轮胎下后我的感觉。荒原，荒原，你毕竟是不近人情的野原。而我们的拓荒，却伴随着一场人与熊的搏斗，悲哀地结束了。

父亲死了，我们就要走了。工棚外面，库库诺尔“嗷嗷”地叫着。它再也等不来我们的温存、我们亲昵的呼唤了。它“嗷嗷”地叫着，终于鼓起勇气，窜出了人的怀抱，带着爱也带着恨，朝荒原深处远远地去了。荒原是它的摇篮，而我们呢？我们的摇篮呢？也是荒原吗？

在埋葬父亲的那天，我向荒原，向荒原中的新坟跪拜磕头。我想，如果库库诺尔再次出现在我面前，我会怎么办？打死它，报仇雪恨？我仿佛听到它那“嗷嗷”的叫声了。我瞩望远方，迷惘的目光是为库库诺尔送行呢，还是期望它出现呢？

洛桑骑马来了。他是从二十里外的春窝子赶来为我们送行的。当他听到这个悲惨的事实后，惊愣着一句话也说不出来。半晌，他扔掉牵马的缰绳，跪伏在坟头，嘴唇抖动着，用经声超度亡者的灵魂。之后，他站起来，告诉我们，怪不得他在半路上见到了一只死去的母狼，一定是库库诺尔首先抓到了狼崽，母狼为了救出孩子，凶猛地扑了过去，却被库库诺尔一掌扇死了。这就是说，库库诺尔又一次用行动表明，在脱离人群之后，它是有能力生存下去的。

我用咬牙抿嘴的举动显露着我对荒原之王的憎恶，内心却不由自主地感到庆幸：消除了对它是否能活下去的担忧，我就可以加固我的仇恨，问心无愧地悼念我的亲人了。

洛桑就要回去，他说，他们已经成立了人民公社，牧人没有过去那么自由了，他这个生产队长就更要起带头作用。再说，正是接羔大忙季节，他还得去指挥生产呢。

末了，他对我一个人说："卓玛意勒要来送你们，我拦住了，我怕她哭，荒原人是见不得眼泪的。"

我怅怅地叹口气，马上意识到了洛桑话中的含义，我在心里说："我比荒原人还要坚强，即使在父亲的坟头，我也没有掉泪。"

洛桑拍拍我的肩膀："放心走吧，我知道你们汉人的习惯，每年春天，我会来这里添土烧纸的。"

我感激地点点头。

但是，回城心切的垦荒队员们谁也不再提起开拔的日期了，大家都觉得有必要奉承我的意愿。是的,我不想离去,我害怕父亲孤单。

在欲走不忍的那几日，早出晚归，我每天都在荒原上游荡。我看到了什么？十年后，当我第二次来到环湖荒原时，我才澄清了当时那种异常模糊的印象——没有什么比荒原更能给人以博大的空间意识了。旷野无垠，遥远的地平线上，在一片荒原蜃景无声的鼓荡中，观潮山独自挺起，像上帝劈开两腿，仁慈而坚毅地鸟瞰苍茫大地。闪烁着第四纪全新世金刚光泽的锥状岩石在腿间出世了，以永恒的精神横亘于大气之上，喷出一道人类黎明的曙光。于是，在上帝面前骤然开出的几朵荒原精神花瞬刻绽放，以女性的姿态舞蹈唱歌，凭借地球制高点的优势，将芬芳播向田野，遍布世界的石英岩块因此而软化成了人类的祖先。

就在这种创世的开端，父亲死了，他死在世界屋脊。这里是人类金庙的顶端，这里离天国最近，这里是上帝的故乡。他死得其所，死得光荣，可我们呢？我们在上帝的故乡盘桓，我们也是一个个小上帝，我们是上帝的多象变体。我们来寻找万古不凋的人类第二源泉——荒原精神花。它在哪儿呢？是掩埋了，还是吹走了？而远方，只有蜃景，万里一道荒原蜃景。父亲就是在这种寻找中死去的。他没有找到，没有啊。

游荡中，我加快了脚步。有个时时陪伴着我的好心的垦荒队员拉住了我："别过去，你会走不到那里的。"

我掰开他的手："你回去吧，我不会失踪的。"说罢，我唱着《请到荒原来寻访真理》那支歌，像骆驼一样呆头呆脑地朝观潮山走去。

然而，我首先看到的却是那只没有了凶残也没有了原始活力的大荒精灵——美丽的母狼。母狼死了。它用母性的献身改变了我对它的偏见。它残暴，那也是生存发展的需要啊。可敬的母狼，知其不可为而为之的母狼，低伏着头颅，朝着落日的方向，用死而不僵的崇高的物质原理，永久地歌颂着皇天后土生杀予夺的无上权力，歌颂着生命终结时对泯灭的义无反顾和荒原大神永恒的安详。

我蓦然想起我在密宗院看到的那些神像。神仙老爷们对生命永远保持着一种远程扫视的淡泊心态和倨傲神情，只有我，只有生命对生命的时候，才会向死尸鞠躬。

我蹲在母狼面前，轻轻抚摸那黄色的绒毛。我说不清，为什么我那茫然的目光要去寻它的生命的蘖生。终于，我发现了几只比人类、比上帝还要自豪和超脱的活蹦乱跳的跳蚤。我用十二分的机敏和迅捷一个个捏起，左手握成一个空心拳，将它们放了进去。透过缝隙，我仔细端详它们那忘乎所以的奋力一跳，愣然凸突了眼睛：它们具有雄狮的勇猛，具有彗星闪光的弧线，在占领空间时又具有政治家的老练和哲学家的顽固。每一个跳蚤也是一颗天体，甚至比天体还要妄自尊大，还要肆行无忌。相比之下，我和我的人类要谦虚谨慎规矩老实得多。但是，那种荒原教会我的对生灵的温柔情愫，强有力地压抑着我对跳蚤的妒忌。随着它们在手中的静卧不动，我也有了一种和平安适的心境。

“跟我去做伴吧！”我请求着它们的同意，站了起来，向母性的殉道者——狼尸再次致意，然后发出一声深疚的叹息，恋恋不舍地离去了。

蜃景还是那么遥远，那是库库诺尔逸去的地方，那是上帝的宅园，那是父亲的灵魂得以升华的高地——仙湖、祥云、天澍、翠林。我处在洪荒炽情的拥抱中，我处在遥远的年代神祇们活动的标准线上。鸿蒙中浅红淡绿的荒原风景线在前方招摇，招摇：仙湖、天澍、魔女的风采、温馨的气息。我害怕诱惑，赶紧转过头朝回走去。

夜来了，在工棚里，在垦荒队员们的沉默中，我躺在床上，侧头望着那悬吊在床头的小药瓶，目光很快捧住了那只酷似库库诺尔的母性的大肚皮跳蚤。它也在望我，伏在玉色的玻璃上，像守了一夜新房而不见新郎那样，含情脉脉地望我。我们一见钟情了，我们已经有了频繁的心灵感应。我起身，拧开瓶盖，将那哭软了身子的跳蚤轻轻拈出，毫不迟疑地将它放在了我贴肉的汗衫上，又挑了几个年轻漂亮、性情温和的去给它做伴。它是需要几个伴娘的。

“你这是干什么呢？”有人过来问我。

我摇头。可就在这一刹那，我恍然悟道：在失去了温暖和亲人之后，像早晨，云雾突然散去而更加清晰了青海湖的面影，我有了阳气升腾的条件。我希望再次得到那可以让我有所寄托的温暖，于是，我不知不觉地把温暖和母性联系了起来。我意识到女人的存在了。而过去，我对父亲的感情是等同于儿子对母亲的感情的。

我想起了密宗院护法神殿中的一幅壁画：龇牙咧嘴、狰狞可怖的大威德怖畏金刚，用粗壮黝黑的双臂紧搂着一个柔软娇美的裸身女子。这就是对我最初的关于男女合体、刚柔相济的启蒙？但少私寡欲的佛门禅境，何以要绘染这种图画，给俗人以情爱的启示呢？猜不透的密宗世界啊！

第二天，我又一次来到父亲的坟头，磕下了我的最后一个头，起身朝前走去。

观潮山——我眼里的上帝来给我送行了。我站到他的脚前，仰视他并默默向他鞠躬。一会儿，我挪动脚步，就要离去了，又一次回头，蓦然看到了上帝脸颊上两串滚落的太阳耀斑一样的神仙泪。

上帝啊，在这悲怆的大风起跑线上，在这浑黄跌宕的荒海潮头，在无涯荒野向你举起寂寞嫦娥的素洁飘带而你又不能朝她扑去的时候，你也是孤独的。这是神灵无法宣泄慈悲和智勇的惆怅，是创世之夜一个顶天立地的男人育成创造意识而无用武之地时的那种悲哀。寂寞的上帝，他看不到人类，就感到身为造物主的他也将消逝。

我步履滞重地走上前去，来到他那插地而立的腿边，低头伫立着掏出小药瓶，捏出剩下的两个跳蚤。我用手指蘸了一点儿唾沫，将两个稚憨的生灵粘在了他冰凉的肌肤上，咬咬牙，扭转了身子。

荒原，别了。身后，观潮山劈腿而立，高高耸立起一个神国英主的孤峭形象。风声隆隆，那是上帝爱的语言。

是的，我，父亲的灵魂，托着我们走路的荒原，都没有权力让垦荒队员们在悲苦中多浸泡几日，他们大多是有自己的女人、自己的家庭的。我第一个打好了行李。

“那……咱们就在城里给他老人家烧纸吧！”

已经被荒原塑造深沉了的二百五说着，又一次哭了。除了我，大家都哭了。之后，我们便出现在了湖边。沿湖朝东前行，会使我们少一些疲惫感。

青海有波，清冽的北风吹来，将水的气息沁入心脾，我们像啜饮着甘醇的佳酿。只是，我的心早已丢失了，丢失在犁铧走过的土壤里，丢失在吞没了父亲的荒原大风中，丢失在草尖上滚动着的晶莹的留恋里。我无缘享受佳酿的滋润，想那空碧悠悠的远方怎么就会有无数讥诮目光的闪现呢？

今年的开湖是在静悄悄中进行的，万里冰壳一夜之间化成了冷月清光辉映的汤汤大水。由于缺少爆发力，缺少真正的摧毁，湖边还残留了一层或狭或宽的冰岸。冰岸似乎是专门留给我们的，在春天劲风光明磊落的吹拂中，在开湖的尾声，大湖又让我们领悟了一次它存在的意义。

那是下午起风之后，我们小憩着观赏湖中巨大的水纹缓缓散开的时刻，那是真正的拍天之浪，而且是冰浪。青海湖沸腾了，泛滥了，聚攒大自然的野性，将大理石般的冰块甩向天空。那冰块小的有半间房子大，大的简直就是一面高墙，在空中扭着旋风舞，之后，便稳稳地在湖岸上立定，越集越多，顷刻就成了一座高大浑厚的冰坝。

冰坝把荒原和大湖间隔成两个世界，而坝址所在，正是我们刚才观景的地方。我实在想不起我们是怎样逃生的，大概是样子太狼狈了，不愿去想。可有一个问题老在脑海中回旋：在荒原，在大湖面前，到底是我们玩了风景，还是风景玩了我们？

应该感谢的是，开湖的放荡不羁、威势赫赫的尾声，让我们在它的气势面前步步入彀——忧伤和怨愤不知不觉消逝了，只留下恐惧和淡淡的感奋，还有一种无可奈何的自卑感。是的，我无权批评大湖，因为我渺小。我无权批评荒原，因为我怯懦。我无权批评贫瘠和苍凉，因为我本身就很贫乏和苍白。父亲，安息吧！你说过："是男儿就要死于边野。"

中篇

男人和女人——母性的自然

第六章　古毛虫预言

奔驰，我的益西拉毛还在奔驰。但到半途须努力，要登绝顶莫辞劳。这是哪位佛爷的教诲？它出现在荒原密宗院仰光门的两边，也时常出现在我的脑海中。但我明白，要紧的是遵道而行，遵古道而行。

古道，悠远的古道，在你的记忆里，贮藏着先人和往昔。往昔在祖先和死神无休无止的搏斗中流逝了。只有环湖的土地，和青海湖一样，不屈不挠地创造着无数激越和奋争的瞬间永恒，也创造了一个亘古的永恒——引吭高歌关于爱、关于生活、关于死灭和创造的图腾。这图腾太古老、太宏阔了，意志坚定得如同古希腊的哲人、故国东方的圣贤。

我们就在这图腾的万丈光焰里飞驰，用益西拉毛的四蹄，向历史的图腾镌入几个新的象形文字——当人们，当我的朋友，要在环湖的土地上种植声望和政绩时，要强迫荒原赐给他和他们一首壮丽的史诗并让他们成为角色时，当他们要踏着湖浪冲天的旋梯，挪步于沉积沙砾造就的台阶，夤缘一种身外之物、身外的金碧辉煌的殿堂、身外的珠光宝气的花翎时，荒古的悲凉、史前的苍茫、蛮野的豪风，你来了，毫不客气地大叫大嚷着，带着江河横溢般的逼人气势和电光扫射的速度。

于是，马背上的我，在头顶高高的风声里，只好依偎在记忆的深井边。这井一直深到穿透地核。在那里，我掬一捧水，再用手指的蠕动滴滴筛出。水珠落地了，渗入沙土中，渗走了我的绵绵长恨，渗走了卓玛意勒珍珠般纯净的心灵、玛瑙般明亮的眼睛，也渗走了我的花儿如锦如缎的谈吐、睿智超群的大脑和熏香了我的双颊的她的芬芳。只有益西拉毛伴我前行，伴我拓展心路，伴我精神忽天忽海地沉浮。

益西拉毛，你的醇厚醉人的鼻息，萦绕在我的胸脯，又向周身抚摸而去。你那音乐般富有节奏的眼波，节制地但又毫不吝啬地晕散在我的脸上。在你的身上，在那一片颤抖不已的鬃毛上，我看到了我的希望之乡。

波浪漂，盖住了雪白的羊羔，
你抱起了羊羔，羊羔哟，
在你怀中蹦蹦跳，
青青的草，迎风好比波浪漂。

歌声来自河中。那是圣洁的布哈河，注入青海湖的一支草原河流。悠长而高亢的尾音融进了空气，消逝了。涛声、蹄声和益西拉毛的鼻息又成了伴我远行的音乐。近了，我看到了唱歌的女人：光溜溜浸泡在清亮的水中，不住地朝我招手，胸脯抖动着两坨高高隆起的肉。我和益西拉毛一起扭过头去。

“嗷！嗷！嗷！嗷——”似曾相识燕归来，哪儿听到过？省城，周末舞会的电子琴中，发出了这样的“嗷”叫。

我的花儿说了：“这声音是对一种自然发声的模仿。”

“什么自然发声？”

“人的，那种处于朦胧状态的自然的性挑逗。”

这解释大概是不错的。布哈河中的女人(我希望那不是少女)，骤然成了返璞归真的荒古的女神。哦，我懂了，我的返璞归真了的益西拉毛，我的返璞归真了的环湖荒原，还有卓玛意勒赠给我的返璞归真了的爱。

可是，面对那抖动的乳房，我还在犹豫。而益西拉毛已经顾不得存在任何别的意念了，直扑放荡不羁的河流，将我脸上的羞赧毫无遮掩地送到了她面前。水花猛烈溅起，粗野地打向她裸露的身子。益西拉毛从她身边闪过。河中放荡出一阵粗犷的笑声，仿佛是大地羁留至今的盘古时代的音响。

又是一阵更加狂放的“嗷嗷”声，又是一曲野性的恋歌。

我顿时滋生出一种欲念：停停吧，益西拉毛，让我回过头去，再望一眼她，哪怕看不见她的面孔，哪怕她那褐色的皮肤化作一朵闪亮的水浪。因为我要理解她，如同我要理解我的母性的益西拉毛。这理解会给我力量的：为什么捧给我酸奶、捧给我糌粑、捧给我皮褥、捧给我夜色的，是卓玛意勒呢？现在，卓玛意勒对我，似乎已不再是那种虚荣的驱使了。在益西拉毛跑到终点的那一刻，我希望，还是她给我捧来第一碗奶茶。我没有虚荣，我的行动也不是为了满足她的虚荣，让她满足的只应该是……哦，整个生活和环湖荒原永久的绿色，永久的绿色的黎明，永久的绿色的黎明的曙光。

太阳很快晒干了益西拉毛身上布哈河的水。奶头，湿淋淋渗露奶汁的奶头,在母马腹下摇晃着。那就是鞭子哟,用力抽打着它的心。它的焦急已经使它无法顾及自己的体力了。狂奔，成了益西拉毛整个生命的搏动，谁让它是母性呢？可我要说的是，生活不仅仅是赛速度，更重要的是赛耐力。而母性的耐力永远是时间所无法限制的。我的花儿，你缺乏的也许就是这种耐力。

益西拉毛仍然在拼命。我也和母马一样骁勇，直起腰，高举马鞭，用一种真正的骑手的英姿，用一种真正的牧人的高叫——瞎了眼的我的朋友,干吗不赞美我的生活呢？还有你,我的花儿,赞美吧,我的马背上疾驰而豪迈的生活。如果你归来，我一定会把你拽上马背的。

面前是荒原,身后是荒原,起点是荒原,目的地也是荒原。开阔,宏大，气派，自由。我激动得流泪了。环湖，你和那个用激情蒙过我的眼睛的女人一样，在我浪迹荒原的岁月里，被我糅进了理想的光环中；在我聆听她心灵的跳动时，在我切中原野深沉的脉搏并随这节拍跑动得疲惫不堪时，又被我用目光糅进了荒原女神尊严的神情里。在你的怀抱里，我听到了昔日骄横的征服者失悔的祈祷。它让我和我的益西拉毛踩着坚实的大地，去做另一种恢复元气的征战。因为，人类和植被肚脐相连，还因为我必须阻止那条腿的逼近——

试图用践灭绿色的办法显示智慧、拯救文明、炫耀进步的对环湖也对人类自身的侵略。

践踏者的自以为是超乎大地之上，像瀚海中从天而降的灼烫的金光。已经够热了，不需要照耀。而远方，绿洲也在哭泣、飘零。尽管它给予了人类生存的一切，但在牧人们眼里，在和畜群的比较中，草地似乎永远是后娘养的。环湖，灵光福佑了贫瘠，让它沉入甜蜜的睡眠，那醒着的、活脱脱的、具有鲜亮气息的，却是不得安宁、常遭毁灭的。

哦，还记得那残酷的性信息素吗？阿弥陀佛——我记住的却是我最应该忘怀的。蓦然之间，我看到了爱的痉挛和喧嚣。雄性的呼唤被漠风掩盖了。星空灿烂，魔鬼在给生命的秘密举行着热闹的葬礼。而荒原上漫游的欲火随狂风疾驰，点燃蓝幽幽的迷人的火光，像一首古老而新颖的寓言诗，我们便是这诗意化了的角色。

可如今，草原毛虫，你们去哪儿了呢？草场一天天荒败了，湖水一天天下降着，连你们也不愿意流连家园了。不不，也许，仅仅是由于你们看到，那年的夏秋两季，家园的土地上，到处横陈着殉情的伙伴。

草原毛虫，青藏高原优良牧草的天敌。在环湖虫灾严重的草场，被咬啮的牧草往往只剩下枯枝败叶，成为一片片随风游移的漂浮物。我的花儿称之为“草原垃圾”。而我们的工作便是为了捍卫绿色的献身。既然是又一次环湖的召唤，既然有我的花儿执拗的撺掇，我没有理由，仅仅为了怕勾起往事，怕看到父亲荒败的坟冢，而不接受荒原的邀请，那伤痕累累的荒原啊！

但我还想做最后一次推辞："说实在的，这方面我不在行。"

我的花儿有点儿得意："跟我学。"

"笑话！什么时候我跟女人学过什么。"

"笑话！什么事情，不是女人教你的。吃饭、穿衣，还有……"

"生儿育女。"

"当然。"她说着，笑盈盈递过一份材料来。

这是在省畜牧厅草原工作站的办公室里，我们向荒原进发的前一天。我们的鼻祖，那个德国化学家、诺贝尔奖获得者 Butenandt，自然不知晓，在他的关于蚕蛾性引诱物质的分离成功之后，在中国，中国的西部，在西部的环湖，在环湖的荒原，会有两个渺小的人儿，成为他的理论的实践者。

我们来了，以绿色守护神的身份开始了我的第二次环湖行。而我的花儿却飘进了一个梦幻世界——她过去对大湖、对环湖的种种遐想。和人一样，毛虫以绿色为生存的依托。那浓绿聚秀的地方正是荒原具有神魅的一片草原——南甸。

我的花儿站在鸟韵如缕的草坡上，面朝远方碧净的天空，迷醉了："蓝天，白云，啊，荒原！啊，羊群！啊……狼来了！"

她半张着嘴，双腿不禁抖索起来，眼睛直勾勾瞪着那只吐着红舌头、朝她飞奔而去的黄色家伙。那家伙牛犊一般高大，四腿轮番蹬地，传来一阵"腾腾腾"的声音。她忽地扭转身去，撒腿就跑。平缓的草坡上，每一棵小草的绊腿都会增加她的恐惧感。因为她以为，狼扑过来后会首先用牙齿扽住她的裤角。

离她十步远的我跟她一样紧张，想跑过去引开它，又有些胆怯。这时，救星来了，是一阵粗放的笑声。我的花儿蓦地煞住脚，猛回头，惊呆了：那狼竟服服帖帖站在一个老人和一个姑娘中间。啊，原来是条狗。她抬脚狠狠踢了一下面前那丛碧绿的蒿草，脸红红地低下去。

“姑娘，过来。”满脸紫斑和褶子的洛桑喊了一声。

我的花儿睃我一眼，轻轻拽过斜挂在自己身上的照相机，麻利地打开皮壳，“哗”地亮出镜头：“别动！都别动！”

狗又叫起来，但没有向前扑，仰头不时地看看主人的表情，又随老人朝后退去。卓玛意勒惊愣在那里，胆怯地望着照相机。我的花儿从镜框里看到了两个荒原人、一条荒原狗的惶怵，不禁得意地冲我笑笑。我也笑了，她这个消除自己难堪的办法实在不错。

“别动！别动啊！”她嗓门又增大了。

洛桑极为困惑，干脆扭转了身子，躲避灾难似的快步朝不远处那头悠闲吃草的牦牛走去。

“阿爸！阿爸！”卓玛意勒回头叫了两声，看老人不理，便快快跟了过去。

我只好上前，向我的花儿解释：“见怪不怪，荒原人都是这样，以为照相会摄走灵魂。”

她睁大了眼：“怎么会这样？”

这有什么可吃惊的呢？古老的荒原，古朴的荒原人，古旧的荒原意识，这就是一切。我们得适应它和他们，而不是让他们跟着我们转。我们不是救世主，不是。

我说：“你真有福气，一踏上荒原，就遇上了好人。走，我们已经有住宿的地方了。”

“你怎么知道他们是好人？”

我吃惊地瞪着她："你忘了，我给你说过，我在荒原有熟人。"

她一愣，笑道："你说的就是他们呀？可是，你说那姑娘很美。"

我朝前翘翘下巴："难道她不美？"

我的花儿用鼻腔轻轻哼了一声："再说，看不出你们是熟人哪！"

是的，他们还没有认出我来。离别已经十年了，又是在荒原中不期而遇，他们即使看着我面熟也不敢贸然猜测我就是那个因为爱一头瞎熊而葬送了父亲性命的人。

我朝前走去："卓玛意勒！洛桑大叔！"

他们回过头来，直勾勾望着我。突然，洛桑惊喜地叫了一声，又对女儿说："是你那垦荒队的哥哥。"

卓玛意勒一脸懵懂："他怎么有胡子？"

洛桑说："哈哈！草要死，羊要老，人要长嘛。"

姑娘大了，洛桑老了，可是，在握着手、互相问候的那一刻，我们之间的陌生感却消逝得那样快。荒原如旧，感情如旧，我和他们的关系并没有因为时间的关系而有所变化——和过去一样亲热，也和过去一样存在隔阂。

"走吧，去家里喝茶。"洛桑道。

"就让我们喝茶？那我们就要去找别的牧家了。"

老人明白我们是想住在他的帐房里，"嘿嘿"笑着，一连吐了几个"好"字。

我们跟着洛桑父女，洛桑父女跟着绵延的羊群，朝前走去。远处，那顶黑色帐房酷似绿浪尖上浮起的礁石，忽地升高，又忽地落下。我顿时体验到了那种异常熟悉的忧伤情绪，不由得叹口气。荒原，依旧是伤感的荒原，迎接我们的依旧是伤感的氛围。

卓玛意勒扭过身来，专注地望着我的花儿。

我看我的花儿有点儿窘迫，忙拉拉卓玛意勒的袍袖："她，好看？"

卓玛意勒居然摇摇头："你的老婆？"

"这个……你问她自己。"

卓玛意勒没问，自以为猜中了，冲我们眨眼，又把整个身子贴过来，在我耳根说了句连我也感到脸热的粗话。我伸手打她，她喊着跑向了洛桑措木。

我的花儿问我："她说什么了？"

"没说什么。"

我的花儿显然不相信，但也不打算追究了。这大概就是她给我们这次环湖行定的基调。而我讨厌的正是她的这种不予追究。她真的不想追究？她这可怜的做作，可怜的超脱。

我们的工作就在这种只可承认友谊的关系中开始了。

草地清新，阳光温和。我们坐坐站站，观察两种诱捕器的诱虫效果。那纸壳像一只船，在绿波间漂啊漂，渐渐被飞虫笼罩了。这就是我的花儿发明的新式诱捕器——船形的蜡纸板底，涂有聚异丁烯黏着剂的纸板盖，底和盖相距一尺。不远处是另一种诱捕器——一个搪瓷盘，盛有加了绿染料的水。每个诱捕器中都有四个做诱源的雌性毛虫，不断散放激素向原野发出爱的呼唤。而那些进入诱捕器、被我和我的花儿及时灭杀的雄虫，大概就是虫类中为少年维特之烦恼寻找解脱的义勇军了。为爱殉难，似乎值得。没有哪只虫在被我们捉住后，会做出一副驯服的可怜相，或用垂危的哀求惹我们同情。

一天就要过去了，结果表明：我的花儿发明的纸壳粘胶诱捕器大大优于水盘诱捕器。“粘胶”一天诱捕了457只雄虫，而“水盘”的诱捕量却只有66只。若不是卓玛意勒从远方策马而来，此刻，我的花儿一定会放肆地乱叫。她有这个习惯，一激动就嚷嚷，想恭维她时，你可以说像只百灵鸟的啁啾；想埋汰时，说是母猫叫春也不为过。而这会儿，我猜想，一定像雄性毛虫求偶的嘤嘤声。

卓玛意勒是专程跑来开我们的玩笑的。她停到我们面前，挑衅地望着：“谁敢骑？”

“我。”我的花儿大步上前。

“你？你也会骑？”卓玛意勒明亮的眼睛望望她又望望我，“你只配让他骑，哈哈。”

卓玛意勒用这种粗俗的玩笑，把我和我的花儿从根本上拴在一起了。作为一个被荒原风熏染过的粗犷的男子汉，我当然不应该在乎。而我发现，我的花儿也不在乎。好啊，环湖的坦荡、荒原的直爽，给了我们袒露胸襟的勇气，给了我们这种神秘的不在乎。

我上前，撕住卓玛意勒的袍襟，拉她下马，又朝我的花儿喊道：“过来！”

她过来了，小声道：“其实我不会骑。”

“别给我丢脸！”我一只胳膊搂住她的腰，硬让她爬到马背上，再扶她坐正。“别害怕，它叫益西拉毛，环湖草原最老实的马。”

我将缰绳交给她。她放心了，因为昨天晚上我学骑马时，用的就是益西拉毛。可这时，卓玛意勒突然跳过来，朝马屁股打了一拳，又发出一声尖厉的野叫。马朝前猛地一窜，我的花儿便仰身倒了下来。幸亏我手脚麻利，这个漂亮的城市姑娘那柔软的躯体被我满怀抱住了。我尽快让她站稳，尽快松了手。

“你呀，缺乏教养。”我瞪视卓玛意勒。

她笑着：“我等着你教养哩。”

我不想开玩笑，示威地拉起我的花儿的手：“咱们走。”

在那顶随风飘摇的黑色帐房里，我这个年轻的男性是最最得宠、最有光彩、最应该高兴的，但为了我的花儿，我只好装作忧愁，闷闷不乐。吃饭的时候乃至整个夜晚我都变得少言寡语了。今晚依旧如此。

“你是个好人，可你不能和我们交心。”第二天早晨，当我的花儿拉着卓玛意勒去帐前高冈上眺望大湖日出的时候，洛桑措木对我说。

我万分惊奇：“洛桑，我们有什么做得不对的地方吗？”

“夜里，卓玛意勒等你，你为啥不去？”

我想起来，昨天晚饭后，卓玛意勒瞟着我的花儿朝我耳语，是一句隐语，意思是说她要和我一起数天上的星星。我只能把这话当作玩笑，尽管我听到了大夜弥漫时，帐外的草地上荡起的歌声：

高高的马儿遍地跑，
来我这里吃青草，
快快来哟，
青青的草，迎风好比波浪漂。

“今夜……”老人的企盼从那双幽邃的眸子中流溢而出了。

我惶然，我断然拒绝，扭身离开了他。这举动显然是对牧家、对牧家女的大不敬。我被冷落了，早饭时，她不给我双手捧来奶茶，也不像昨天那样对我飞眼冲我笑。这就对了，正因为这冷落，我才是问心无愧的。

我们又出发了，去向荒原释放性信息素。这天，在那个日光淡荡的中午，她那么兴奋，那么神采飞扬，又那么深沉。我的花儿，眼眉细溜弯弯，一蹦一蹦的，嘴唇却始终湿漉漉的，一翕一张——她讲了那个草原毛虫的寓言，那个古代昆虫的传奇。我想听，还想侧头望她那张红晕淡淡的脸。我迷上了——她和昆虫。哦，古荒原、古边关、古战场，还有古毛虫，那么古老的古毛虫——

它们原来是可以成为智慧生物的，或者，至少可以变得强悍威风一点儿。仅仅是由于它们太善良、太愿意信奉温良恭俭让的哲学了。在夐古洪荒时代，它们就喜欢宽宥和忍让：你好我好他也好，它们成了“宁可清贫也不浊富”的有志者，只要爱就足够了。在它们那个创世的黎明，在黎明珠贝色的云霞里，它们避开了争夺和打斗。雄虫们沉溺在爱的情愫里，早早地为妻子和母亲建造起了一座座暖意盎然的小屋。缠绵的爱的陶醉和甜甜的伤感的麻醉，妨碍了它们的演化。于是草原毛虫雌蛾的翅和足又渐渐趋于原始——退化了，甚至到了无法活动的地步，成虫羽化后竟不能挪出茧壳。

可是生命总要扩张，从往古扩张而来，又要从现在扩张而去，去迎接那个被自然界再次筛选或者彻底淘汰的日子。它们无法去阳光下和雄虫幽会，便酝酿出一种性信息素来，不断伸缩腺体朝外释放，又透过茧壳的空隙播向四野八方。与此同时，雄虫的触角格外发达起来，翅膀也愈加健壮。它们简直可以像云雀那样自由轻翔了。雄虫和雌虫之间出现了一种崭新的异常强烈的性引诱关系。爱的进击、生命的冲动，便以此为基础开创了一个新局面。

八月，荒原变得温情，暖风吹得毛虫醉。无数雄蛾在绿色的太阳潮中飞鸣。爱是寻找，是活力的拼搏，和许多智慧的与无智慧的雄性生物一样，它们的生命也循着这条轨迹生成、发展。而雌性生物对爱的贪婪永远是没有止境的，一只雌蛾一天竟能诱来400多只雄蛾。雄蛾轮番挤进茧壳，纵情占有。尽管只有那么一小会儿，尽管马上爱的对象会被别的雄蛾抢占，但它们是自豪的。它们完成了自己的使命，鸣翅飞远了，高傲而快活地唱着那支抒情的歌曲——“我骄傲，我是光荣的雄性；我歌唱，我是永恒的雄性；我赞美，我是阳刚的雄性。茫茫大荒原,哪里是我的爱？哪里有爱,哪里就有我。我是蓝天下迎风飞翔的雄性。”就这么飞着，用亢奋的歌声，乐观地去迎接冬天，也迎接死亡。

“真让人羡慕啊。”我说。

我的花儿一愣。不知为什么，她这次出乎意料地没有嘲笑我，可我知道，我这种羡慕毛虫的感叹才是真正应该受到嘲讽的。羡慕别种生物，是人类自身的堕落。我堕落了吗？不不！是人就能包容一切而又能消化一切，只要是美的，管它属于哪种生物呢。类比嘛，我是一条雄性的虫,向荒原哼唱爱恋之歌。不不,我是迎风呼啸的树，向大自然歌唱草木之曲。那么，我的花儿呢？

该给她讲讲关于荒原的悲剧了。也许，这样的悲剧也就是我的第一次环湖行会带给她深沉。她需要深沉，至少应该让她想到，我们的试验也许只能是热情和精力的浪费，因为我们为了植被的绿色的意识，并不是社会的流行意识和老百姓的普遍意识。他们的意识是红色的，炽热得如同冶炼生铁的火炉。是的，我们垦荒那会儿，到处都出现了炼钢炉，仅仅过了十年，整个中国便膨胀成为一个大炉膛了。而荒原作为炉膛中的一个夹角，是焦炭暂时没有烧到的地方。

“想听听吗？我的第一次环湖行。”

我问我的花儿。她那种应诺的神情哟，真会让人误解为她应诺了我的男子汉的恣情。可她马上又补充道：“最好别提你父亲。如果我不看你的面子的话，他应该是绿色的敌人。”

哦，我已经告诉过她关于荒原的故事了，我干吗还要自寻苦恼呢？不过是一种排泄郁闷的方式罢了。然而，对于天真的人来说，忧伤不过是一枚发夹和胸针。我给她的胸针够多的了，有的她佩戴着，有的已经被她丢弃。既然如此，我们还有什么可说的呢？但无论如何，她是不应该嘲笑父亲的。父亲代表着一段历史，而嘲笑历史除了浅薄之外还能证明什么呢？是的，即使给她讲一千遍关于荒原的故事，她也是不会深沉的，因为她没有来荒原寻访真理的准备。再说，她向荒原的靠拢，她对我的接近，并不是感情发展的自然趋向，而是建立在天真稚嫩基础上的冲动。

我的花儿，还记得我们是怎样认识的吗？

我们光荣的垦荒队员回城之后，便各奔前程了。为了度过自然灾害和浮夸风带来的饥馑岁月，他们大部分接受了下放农村、回老家种地的命运。而我，由于年龄小，由于父亲是畜牧厅的干部，被保送到厅属畜牧专科学校学习，毕业后便去草原工作站做了一名牧草鉴定员。于是，我有了去厅属柴达木沙生植被试验基地帮助工作的机会。

那天，我和基地中的几个已经连续三年获得“老黄牛”称号的同龄人喝酒。这是一个月中的最后一次奢侈，也就是说，将五听罐头从基地小卖部拿出来后，我们已不名分文了。而酒却是月初发饷后就买好了的，散装黄酒，一次一桶，天天喝，天天有。谁买酒花不够二十元，谁他妈就不是男人。我们几个中不会有人想做女人的，那意味着与酒绝缘，意味着他将处在一个被男人损害的危险境地中。在这常年看不到绿色和女人的大沙漠中，我们共有的情人就是那迷人而辛辣的黄酒。它容纳了我们的疲倦和各式各样的发泄，包括男性原始生命力的冲动。

然而，那天我们不满足了。酒残菜尽，我们走出宿舍，来到基地门外，肩碰肩、手挽手，雄赳赳、气昂昂地朝前走去。

“下定决心，不怕牺牲，排除万难，去争取胜利。”我们的歌声粗壮得像一道亘古沙梁，而我还嫌粗壮得不够，瞩望黧黑的远方，心中大叫：“老天爷，请给我古巨猪的喉咙吧！”

之后，我们吼叫着登上了那座被我们称为“镇墓骆驼”的沙岗。

夜空如伞，半球形的固体天穹上挂着几道金星缀就的天狗网。我仰头默望着，突然用神明显灵后给我的古巨猪的嗓门大吼一声：“女——人——”

于是，我的那些讲义气的朋友们做了我的伴唱群体。一阵更加雄浑粗闷的声音以盘古开天之势撞向穹顶：“女——人——”

天摇地晃，暗夜飞转，流星崩落了，轰然落地，化作两颗熠熠闪烁的小太阳——在沙岗脚下，在那个宇宙黑洞似的陨石坑里，突然冒出一个人来，朝我们眨巴着一双明亮的大眼。

“女人？”我身边有人喊道。

我顿时睁圆了眼：“啊，女人……追！”

我们大叫着，奔腾下岗，如狼似虎。那女人惊呆了，继而醒悟，返身就跑。我们一直追到她跑不动，一头栽倒在沙地上。在二十米开外，我们好奇而开心地望着她，好一阵前仰后合、酣畅淋漓的大笑。我们满足了，唱着即兴编造的战歌回归。

突然有人说："那好像是她。"

"她？"我矢口否认，"不！不会……"

"要不是她，这里怎么会冒出个女人来！"他又道。

我朝这个说了实话的朋友耸起了眉峰，因为我一下子明白，我们今夜的男性的疯狂全是由于她的降临。她是上午坐着给我们送吃喝的卡车来基地的，她来干什么？她要是不走，难道我们就这样疯狂下去？不，要疯狂的只应该是我一个人。在她面前，在那种来自天外的魅力面前，我希望全世界的男人都是瞎子，都是些阳痿病患者。我承认我是自私的，可是，父亲、上帝、深镌在我脑海中的密宗院的众神们，谁也没说过不可以高呼自私万岁。

我们沉默地迈动双腿，悄然而行。月亮匿去了，大夜变得和梦一样黑、一样险恶。镇墓骆驼隐去了，基地的灯光泯灭了。我们和世界一起沉入了大沙漠的黑梦中。

又一个傍晚来临了，古漠黄如金。而在天际，在地球的边缘，却有一道低矮浑莽的赤红的山峦——一条庞大的火龙缓缓蠕动，旷漠热风、旷漠中随时都在燎焦着大地的有色空气和旷漠欲火，都是从那边漫溢而来的。在金色和红色的托举下，炽白的太阳又一次忧郁地滚过苍茫的天空，无可奈何地去迎接只属于它的伤感而美妙的黄昏。大沙漠中的白太阳在每一次夜生活之前，都有一次热能和光能的肆力挥耗，都有一场欲火的有声有色的燃烧。

突然，黄昏破碎了，从赤红渐渐变作橘黄的地方，淡出无数馒头状的沙丘来。放荡不羁的沙丘弧线之上，是迎风抖动的她的身影。

“她在干什么？”

我回头询问同宿舍的朋友，他们也早已从窗口望见她了。

“等我们呢，走，我们去看看。”

一阵欢呼。之后，我接过柴达木黄牛群特意敬我的半碗黄酒，一口气灌了下去。

我们威武雄壮地出发了，脚步沙沙，大摇大摆，给荒漠驱赶无穷寂寞，也给我们自己壮胆。我的花儿，我的天上的仙妃，我的男人心中的阴湿地，你当然不会想到，当燥热迅急烘干了我高额高鼻上的油汗，当我敞开衣襟用动荡的胸脯向你炫耀雄性的强健时，我已经有了一种令人悲哀的深疚。我在心里说：“对不起了，我的花儿，男人的豪迈从来就是建立在女人的懦弱和耻辱之上的。”这是我的由荒凉培植起来的狰狞而又坚韧的信念。而他们，柴达木黄牛群簇拥着我也就等于簇拥着信念，簇拥着他们的生命树。

我和他们已经心照不宣了：由我发难，由我在阴湿地上第一个扎根，由我让我们的仙女发出第一声痛苦而美丽的叫声。我们已经不计后果了，什么领导诘难，什么道德规范，都成了飘逝的毫无重量的白云。

我停在她面前，嗓音低沉地问她：“你在这里干什么？”

她那敏锐的少女的神经已经感觉到了这股来势凶猛的雄风，朝后退退，嗫嚅道：“沙治。”

“你有什么毛病，需要沙治？”

“腿关节疼。”

“这么说，你来我们基地就是为了亲近沙漠？”

“不，一边工作，一边治病。”

“你原先是哪儿的？”

“省草原工作站。”

“可我没见过你呀。”

“年初刚分来的。”她眸子朝我一闪，又道，“我在站里听说过你。”

“他们都说我什么？”

“说你人不错。可是……”

我急了：“说呀！”

她忽地瞪起眼：“那天晚上是你们在追我吧？我就那么好欺负？告诉你，我会拼命的。我可不是那种无能的雌性毛虫。”

“毛虫？”

“我是研究毛虫的专家，你懂吗？哼！”她高傲地扬扬头，又道，“你们啊，简直就是一群野兽！”

我没想到她会这样，浅薄的雄性意识一下子垮了，那半碗黄酒给我的胆量也杳然不见了踪影。连我也没想到我会替自己辩护：“我们，那夜，是在观夜景，看见了你，以为是一头熊。”

“我也在观夜景，可我观到的却是一群饿狼。”她的声音骤然增高了，两眼火灼灼逼视着我，“你们来干什么？”

“我们，也是来沙治的。怎么样，我们一块儿……”

“对不起，我已经完事了。”她说。

这么说，她刚才有那么一会儿是脱去了裤子的：把女人丰腴的双腿埋进黄沙，用温热的自然之气撵跑那浸入骨髓的体内寒流。机会已经错过了，我们还站着干什么呢？我想回去，突然发现不远处有一行男人的脚印直通一丛摇摇摆摆的沙棘。

我厉声问她：“刚才就你一个人？”

“当然。”

“告诉你，我们是来保护你的，别无企图。”我说罢，大步走向沙棘。

我们基地的头儿、那个可怜的单身汉被我从沙棘后面拽出来了，就等于拽出了我们的发泄对象。我大喊：“来呀！把这个偷看女人光腿的家伙揍一顿。”

可是，没有人过来。因为他是个好人，他作为头儿可从没整过大家。我沮丧地叹口气，松开了手。这时，我的花儿，你的惊恐的尖叫，你的惨白的面颊，你那明澈的大眼睛中喷涌而出的愤怒，使在场的所有男人都感到了一种羞耻感的冲击。我们脸热心跳了，一个个默默地从你清亮的目光中溜了出去，只留下你一个人在大漠中亭亭玉立。

第二天，你就走了，在男人们的爱情把戏面前，在我们泄洪般汹涌的追撵之下，你成了一面飘摇的风筝，张开楚楚动人的翅膀，飞走了——勇敢地只身踏上了荒漠坦途。

我说：“她会迷路的，我得去陪伴她。”

好心的基地的头儿同意了，又叮嘱道：“你劝劝她，如果她执意不回来，你一定要把她送到城里。”

“那我也不想再来这里了。”

他沉吟着：“行啊，我打电话给草原工作站，就说你的任务提前完成了。”

他这是在收买我，好让我对他的丑行守口如瓶。可他哪里知道，即使他给我许多坏处，我也不会出卖一个荒漠人可怜的窥探欲望的。

我追上了她，又领她踏上公路，搭车回城了。这种排除了爱情的同行啊，仅仅是为了挽救我做人的良知。我好像欠了她的债，不这样偿还就无法做人似的。渐渐地,我的精神萎缩了,我不再想她了,也没有了对她的愧疚感。尽管我和她还有工作上的联系。

摆脱了荒漠的枯寂，我感到世界上最无聊的便是追逐女人。再说，城市也将她的女人的魅力淹没在了花浪楼海和喧嚣的人际风云中。五光十色的繁华里，我寻觅着新的生活伴侣，那最愿意和我拥抱的竟是我一向不曾钟情过的事业——我想著书立说了，书名就叫《未来的大西北——失去平衡的自然地理和人的归宿》。我已经开始动笔了。若不是这场轰轰烈烈的“革命”将我的高论误会成“马克思主义的对立面”，我一定会写下去，写他个天翻地覆慨而慷。

第七章 诱源载体

益西拉毛狂暴地把脖颈扭向右边。我酸疼的手腕已经无法对付它这种执拗了。执拗来得有点儿莫名其妙，右边山坡上，不过是一顶不应该对它有任何吸引力的白布帐房。我恶狠狠地举起了鞭子。益西拉毛将眼球滚向眼角，乞望着我，四蹄却没有丝毫改变方向的表示，腾起的土浪把牧草冲击得东歪西斜了。

蓦地，我看到帐房后面有一个小小的棚圈。等我明白益西拉毛激动的原因时，它已经从围墙上一跃而过。我们的眼前，也是一位骝色皮肤的母亲。不过，它身体瘦削，面容有点儿憔悴。一个同样瘦弱的马驹惊骇地呆立在它的身边。益西拉毛站定了，朝马驹俯下头去，伸出热得发烫的舌头，耳朵、鬃毛、鼻子惊喜地抖动着。那消瘦的母亲朝后让让，它似乎也有点儿高兴，这个狂奔而来的大嫂这样喜欢她的孩子,做母亲的自然也光彩。可它马上发现了异样,“咴咴”两声，朝益西拉毛横扫了一尾巴。益西拉毛宽容地摇摇头，用那种只有对亲生孩子才会有的柔情，嗅着马驹儿，然后，将身子靠了过去，好让它噙住自己发胀的奶头。

“你看，它不吃你的奶。”我用脚碰碰它，想让它快快醒悟。

益西拉毛讨厌地瞪我一眼，又朝前凑去。那母亲过来，蛮横地挡在它面前。一连串的干扰使益西拉毛发怒了。它将身子一摆，屁股倏地横了过去。马驹惊恐地朝墙角缩缩。而那消瘦的母亲已经摆出一副搏战的架势，耳朵扇了几下，仰头长啸一声。

益西拉毛回头看看，终于明白了自己的失误，失望而又怨愤地急速转了一圈，沉重的眼皮眨巴了几下，在我将鞭梢轻轻弹向它浑圆的屁股的同时,它的身子朝后倾去,跷起前蹄,跃过了低矮的围墙。

奔驰。益西拉毛母性的疯狂，使它聚攒了神奇的动力。奥博的环湖，有我们伟壮的母马，还有我这个光荣的骑手。一个声音告诉我：你们也许跑不到头的。我说：要想到头就干脆别跑，原地趴下，让沙尘在我们身上堆起一座无名小丘。

是的，用地质年代来衡量，人生就是一个无头无尾的瞬间，就是一段没有尽头的黄沙之路，人们之所以能够跑下去，是由于有一支幻想曲在给你提供所需要的一切，包括女人。幻想的艺术就是理想的艺术、信念的艺术。益西拉毛，明白吗？我们在幻想的道路上奔驰。而你，我的母马，就是我的信仰之舟……

西伯利亚不是在苏联吗？可那儿的寒流干吗要跑到我们中国来呢？真怪，寒流在我们周围肆虐，它的产地却十分遥远。

洛桑措木父女就要搬家了，这比往年提前了一个月。当然，如果夏窝子草势旺厚，大可不必顾及这气候变化，荒原嘛，本来就具有不属于人类的自己的个性。我和我的花儿的行踪也是不言而喻的，离开那顶明礁似的黑色帐房，荒原会一口吞噬我们。好在我们是逐水草而工作——牧人的秋窝子，我们的新基地。

羊群和牛群在经过饿馁的跋涉之后，一下子扑向了新草场。但仅仅过了几天，苍绿便被黝黑取代了。土地的衣装被无情地剥去，丑陋得不堪入目。牧草变成粪便，随后又被卓玛意勒捡去，塞进了泥炉的胸腔。于是，炊烟升起，荒原上的炊烟原来是牧草的变种。

他们又要走了。在跟着洛桑一家离开秋窝子的那天，我向我的花儿发誓，假如我成了诗人，我宁肯辍笔也不去赞美任何形态任何地方的炊烟。还要，还要诅咒所有描绘了炊烟的文字。

“恶劣！”我的花儿给我下了这样的评语，“灭绝人间烟火，你可怎么生活？”

“大家怎样过我就怎样过。”

“家家都升炊烟呢？”

我哑口无言，真是后悔啊，我为什么要让她抓住把柄呢？她不过是个女人,尽管有性格,也漂亮。可女人的所有优点都不属于自己。她们存在的意义仅仅是因为世上有了男人。可我，却不能让属于我的她、她的美丽屈就于我，甚至还要让她肆无忌惮地随时占据上风，更不用说别的了——大概是卓玛意勒挑逗的缘故，我突然复苏了我的青春的欲念，我想和我的花儿……那个，是的，我真想和我的花儿那个。

新草场又到了。遗憾的是，这里的牧草更加稀疏，土壤已经明显趋于沙化，令人怃然而叹。卓玛意勒将畜群缓缓驱入草场，怎么也不肯跨下马背。

“阿爸，就在这儿？”

“还能在哪儿呢。”

“再往前走走嘛！”

“唉——”老人在他以为可以下帐的地方跳下牛背，不声不响地忙乎开了。

我只好对卓玛意勒解释：“再往前就是垦荒地了，那儿……”

“知道，那儿现在头发细得草都不生。”

“什么？”

她瞪我一眼：“什么什么？”

但马上，我相信了面前的事实：当初我们拓荒者的荣耀，我们的热血的象征，已经变得不可思议了，豪风吹跑了疏松的土壤，卵石裸陈。大荒原中又有了戈壁滩来增饰荒凉和恐惧。是的，时间让光荣变成耻辱的事太多了。可我想不到会这样快，想不到只要我愿意，我就可以马上看到我们生命的浪费。而父亲却挺身在高高的山包上，用迷离的目光瞩望着大荒蜃景——无边辽阔的绿油油的麦地。

哦，可恶的卓玛意勒，你是想看看我向荒原低头认罪的模样吧？

我吼起来：“那你为什么还要往前？”

她说：“我是说穿过荒地，去泽曲热巴。”

撒谎。在嘲弄面前，我决不低头。垦荒者的荣耀和骄傲，都是事实。仅仅为了让父亲于冥冥之中心安理得，我也要高昂头颅，直面荒原，巩固荣耀。我开始恨起卓玛意勒来了，尽管我明白，环湖的文明发展还不足以让一个牧家女变得具有捉弄先驱者灵魂的智慧。

还是我的花儿对我具有威慑，她目光朝我一闪："干吗恼火？泽曲热巴一定比这儿好。"

"你不知道。"

"我咋不知道？无非是害怕路过垦荒地呗。"

"唉——"

"你像个老头。"

"是啊，在你面前我真的成老头了。"

"那你最好还是离开我。"

我倏然抬头，第一次可怜巴巴地望着我的花儿——求求你了，女人，不要这样赶我。她将头扭向一旁。我只好离开她，来到洛桑身边。

为了我们的试验，我说："我看，我们还是去泽曲热巴。"

老人摇头。

我又说："别太固执了，反正那儿是草山争议区，你占了就属于你。"

我尽量说服着洛桑，因为我明白，泽曲热巴——荒原中的小盆地，此时秋气不至，晚夏的凉风依旧那般温情，草正野，花正红。即使刈不来过冬的青干草，牛羊肥实的秋膘也会使它们个个活着去迎接来年那个牧草返青的春天。更重要的是，我们的试验最好能在牧草丰美的地方进行。

洛桑措木最终还是不肯答应。他是荒原人，如同荒原的自尊使它永远不准备接受稼禾的缀饰，荒原人也不打算接受任何不应该撷取的东西。

我冷笑着离开老人，去对我的花儿说："别再想泽曲热巴了，赶快工作吧，别等到草去虫飞的时候，我们就什么也干不成了。”

“我也这么想。”她吩咐卓玛意勒帮她去马背上取下那个硬壳的提包。

小船又要航行了，不同的是，作为性引诱的诱源，不再是活的雌蛾，而是我们从雌蛾身上提取的激素粗提物——把未交配过的雌蛾捉来，剪破小腹，挤出腺体，磨碎后用溶液浸泡，再经过滤投入塑料泡沫。这泡沫便代替活雌蛾，成了性信息素散发器。这过程和所有提取激素的细节，都是专家们长期研究的结果，一般要在实验室中进行，而我们把它简化了，并放在野外，只是为了看看用人工提取激素进行灭虫的办法有没有普及价值。

我的花儿很快将散发器放到船舱里，抱着小船，四下里寻找适合安置的地方。

卓玛意勒凑过来，指着船舱问道：“这是啥？”

我的花儿生怕她毛里毛糙地乱摸，忙朝一边躲躲。这使卓玛意勒更加好奇，伸手就要取那散发器。

“别动！”我喊着，上前拉住她，“这是诱源载体。”

“诱源？”

“就是……搞性引诱的……激素。”

“激素？”

我急了：“怎么说你也不懂，通俗一点儿吧，就是勾引公虫的东西。”

“那……就是女人一样的东西了。”

“可以这么理解。”

我看她还要说什么，忙推她一把：“去去去，没时间和你啰嗦。”

“天黑了呢？”

“你放心，只要我和你这位大姐在一起，天就不会黑的。”

显然，卓玛意勒没搞懂我的话，思谋着给正在扎帐房的父亲做帮手去了。

我的花儿将小船放好，过来站到我身边：“她对你可算是用了心的。”

我苦笑：“我是男人嘛！”

“那你干吗那么冷淡呢？”

“我怕你掉进醋缸。”我恶狠狠地说。

“没那回事，我从来不知道醋是什么滋味。”

“一切都得经过试验。”

她笑了，苦楚楚的。我也惆怅。

她又说：“给我说说你们男人吧，你们是用什么眼光看女人的。”

“这个，说不上。我倒想听听女人是怎样看待男人的。”

“我不知道。”

“那么你自己呢？也不知道？”我把目光投向远方，感到浑身轻松。终于有机会让我咄咄逼人了，而这个机会又是她制造的。活该，自作自受。

“也不知道，真的。”她一脸憨态。

“装傻。”

“唉,有时候我想,像我这样一个女人,能带给别人什么呢？也许，他们需要的我不具备，而我自视可贵的他们又不需要。”

我欣然点头：“你对自己的看法基本上是中肯的。老实说，你和卓玛意勒应该中和一下。”

“如果无法中和呢？你就像现在这样？”她开始逼我了，“告诉我，你到底需要哪种女人？作为你的好朋友，我尽力给你物色。”

“没有这个必要，我宁肯自己寻找，宁肯一辈子找不到，也不会求你的。”

“要是这样，你就迷失方向了，你就会失去……”

我盯着她：“说出来呀！”

“就会像雄虫一样失去那种机会。这是令人遗憾的，你不是口口声声说你是男人吗？”

“那只是由于我眼前有女人。”

“又是‘迷向’。”

“‘迷向’有什么不好！”

她一怔，点头自语：“好，好。”突然，她尖叫一声，一把撕住我，“有了，有了。”

“有了什么？”

“有了灵感。你想想，如果我们把提取的性信息素到处放置，雄虫就会到处寻找母体，可又找不到。而它们的交配期只有一个多月，过期作废。失去了机会，第二年的毛虫数量自会减少，这比诱捕效果不是更好吗？”

扫兴啊，我诅咒她这方面的灵感。但又不得不承认，这的确是个极妙的发现。

“你可以试试。”我冷冷地说，“甚至可以搞人工合成性信息素，这比从雌虫身上提取不是更进了一步？”

“对！太好了！我们一起试试。”她兴奋得露齿微笑。

“我？跟你一起试试？我可不想过期作废。”好一盆冷水，泼得她僵立着不知所言。我高兴了，傲然离去，很快钻进了那顶刚刚撑起的黑色帐房。

奇怪。卓玛意勒将一碗刚滚开的奶茶端到我面前后，便快快跟阿爸出去了。我躺到地毡上，仰望头顶那一片被天窗框住的蓝天，想我的花儿这时一定会有的苦苦思索的可笑模样，得意地翻了个身。下次，要是再遇上这样的机会，我一定会噎她个半死，关键是要想好一句绝妙的话。

一会儿，洛桑进来了，坐在我身边，挠挠我的腰肢："去，有你睡觉的地方。"然后将我拽起，"去呀！外面。"

我蒙头蒙脑地来到帐外，蓦见草地上又升起了一顶白布帐房。我什么也没想，是新帐房就得进去看看。里面，卓玛意勒裹着皮袄平躺在地毡上。

"病了？"我很吃惊。荒原人似乎从来不病，像洛桑，他说他活了这么大岁数，还没尝过西药片儿是肉做的还是奶制的。我蹲下去，摸她的额头，是有点儿发烧，"大概是感冒了，这里冷，你得去毡帐那边。"

她伸出手来，我拉住，可怎么也拉不动，反而被她拽倒了。她"咯咯"浪笑，忽地掀掉了皮袄。我浑身一抖，眼睛、脑海，全被面前这个一丝不挂的女性的裸体占据了，好像满世界都闪烁着一种肉色的神圣的光晕。一对肥嘟嘟的奶子突突跳着，光滑的下腹也在不住地颤动。她在笑，浑身上下都在笑，又蛮又野，又娇又媚。我仓皇失措了。直到她坐起，动手狠撕我的衣服，我才意识到我已经掉进了幽深的青海湖，或被湖水淹没，或挣扎着划向岸畔，但后一种可能太渺茫了。亲爱的亚里士多德，你说过，狗冒着生命危险试图同狮子和老虎交配。如果老虎正在发情，那它将同狗欢愉；如果不在发情期，它便会将狗吃掉。我啊，我这条忧郁的狗。

她不知用什么能耐那样快地脱去了我的上衣，两条胳膊已牢牢缠在我的腰上了。而我自己骨髓里液体的沸腾和浑身的颤抖都表明，我已经成为一个可怜的俘虏。“我的花儿。”我轻轻叫了一声她的名字，然后扑向卓玛意勒。她一阵狂喜，随即松了手。我吻她，让她满脸开花。但这是极其微不足道的。她将手朝下伸去。

一股热流顿时让我的心跳加快了：“我骄傲，我是光荣的雄性；我歌唱，我是永恒的雄性……我是蓝天下自由飞翔的……”可是，那雄性的飞虫怎么也找不到它的爱，飞遍了荒原也找不到。它们透明的羽翅已经没有力气了，嗓音渐渐暗哑，失望地看着冬天从天际缓缓走来。而在远方，失恋的雌虫依旧等待着，它多情地将呼唤爱人的信息播向四野，一次比一次强烈，之后便渐渐微弱。终于，雌虫唱完了它的爱情之歌，开始呻吟、低泣。它的生命的全过程，仅仅为了一个目的：爱。如今它依旧爱着：再见了，朋友。它发出了最后一声问候。它死了。远方，它的朋友——那些疲倦的雄虫听到了这声最后的也是永恒的爱的告别。它们也开始告别。它们也死了……

我感到屈辱，扳掉了她的手：“我是男人，我自己会。”接着便是一阵大笑。

卓玛意勒被我的笑声所征服，不敢乱动了，抑制着兴奋和那股湖水般汹涌的渴念，耐心等待着，不时将光洁丰腴的双腿蜷起又伸直。我按住我的裤带，站起，“砰”的一声拉开。除了卓玛意勒起伏的肉体波荡出的啸声外，一切响动都消逝了。太静了的时间的流泻让我想到有许多双眼在四周的孔窍中窥伺；或者，什么也不存在了，我的花儿也不存在了。我又忽地拉紧了裤带，歉疚哀求甚至恐惧地望着她，倏然退去。

帐外，蓝天高远，这充满异味的荒原，这野旷的舒展。我深吸一口气，疏通了窒息着的胸腔，向湖水那边我的花儿的影子跑去。我满脸通红，可她并没在意。

“快来看，快来看。”她指着那只纸壳的小船。

我好悔啊！干吗要来这里呢？干吗要守着僵死的道德规范去侮辱卓玛意勒的生命的搏动呢？干吗不拿出我在柴达木时的那种精神呢？我的花儿，你的身边、你的心上只有那只小船。尽管，比起小船来，比起诱惑在船舱中的雄性毛虫来，我有人的优越，我无比地高大完美。

我向湖边走去。湖风带着湿淋淋的雾岚朝我扑来。在雾里藏一会儿吧，藏到夜深，藏到忘记一切……真冷，要下雪了吗？在荒原，大雪不光属于冬天。

然而，心是藏不住的。对这次令人担忧的荒原女的挑战，我陡然产生了一种莫名的危机感。

第二天，在飞舞的雪花中，在已经失去了雄虫飞鸣的冷凉空气中，我和我的花儿满草场寻找雄虫躲身的地方。完了。今年的雄虫大概不会再有求偶的机会了？那些散落在各处的雌虫是否还在释放爱的信息呢？可惜，我们没有收取这种信息的触角。每一种生物都有只属于自己的性引诱方式。人类的方式是什么呢？情欲，情欲包含着的情感因素，还有，某种外在的礼仪束缚和内在的道德顾忌。存天理，灭人欲。高尚得可以，也虚伪得可以。

累了，坐下来小憩，我漫不经心地望着纷扬的雪花。这种被人用来象征纯洁的奇怪的晶体，出现在不该出现的时候，真让人讨厌。

我沉思着，突然告诉我的花儿："卓玛意勒想和我睡觉。"

"那你就去呗，犹豫什么？过去你可是很勇敢的。"

我理解她说这话时心不在焉的轻笑。她把我看得那样高贵——一个多少有点儿倨傲的来自城市的小知识分子，又被一个天使般美丽的同样是小知识分子的姑娘陪伴着。而那个牧人的无知的女儿呢？一张被高原紫外线烧红了双颊的脸庞，一身拖拖沓沓的厚重的袍服，一股不管不顾的邪劲。那双贼亮的眼睛，好像暗夜里闪闪烁烁的流星，美丽却不温柔，而女人失去了温柔那还算女人吗？或者说，就没有女人味了。

勇敢而美丽的卓玛意勒在我的花儿的眼中，简直可笑至极。而我，似乎也这样认为。至少在昨天那个被羞愧震颤的黄昏，我是鄙夷和害怕卓玛意勒的，我好像已经老了，再也没有了那种强烈的雄性意识。

可我的花儿也许不明白，卓玛意勒并不是想要和我结婚。她只不过是想赢得一个少女在荒原上的声誉——能让一个来自城市的漂亮而强健的男子汉跟她相好，那来自姑娘们乃至小伙子们艳羡的目光，会使她女性的自尊和骄傲镀上一层天空炫目的蓝色、草原迷人的绿色和青海湖晶亮的水色。

"该回去了。"她提醒我，语气中有浓浓的忧郁。

我默默站起，也拉她起来。

雪大了。突如其来的不合时令的雪，总是很大，如同突如其来的别的一切。大概已近黄昏，成了雪原的旷野更具有一种滞重的沉寂美。像所有壮丽的悲剧发生前的那一刻，静悄悄的空间挤出几声哓哓的叫声，那是感到天气骤然变坏而没有做好冬眠准备的旱獭的惊叫。

我们已经走了好长一段路了，可洛桑的畜群呢，那顶温暖而充满情趣的帐房呢？

“卓玛意勒！卓玛意勒！”我的花儿朝旷野呼喊。

“别喊了，他们这是有意躲开的。”我说着，竟有点儿忿忿然了，“这是卓玛意勒，不，还有洛桑老人的报复。可耻啊！”

我的花儿，她眼睛中那熠亮的波光，又清又亮，闪闪地朝我荡来。苍茫的荒原，被雪覆盖了的荒原，变成一个浩浩无际的晶体板块了。在它上面，在白色的氛围里，在整个世界中，只有她那双黑津津闪动的眼睛存在着。我激动了，想说出我的心里话，但又不敢。

还是我的花儿聪明，她细声说：“冷啊！”

“不要紧的。”我说。

我们开始动手建造雪窝子。末了，我坦然走向她。粗犷的荒原给了我野性的基因，如同沙漠的枯寂给了我男人的进取。我没有害羞，更没有担忧，因为我十分准确地读懂了她眼神里的期待。我们躺下，在纷扬的大雪中，在凛冽的风声里，互相取暖，一会儿，身上就盖了一层厚厚的雪被。真是一种野性的浪漫。可是，她嫌我，嫌我缺乏热量。

“你摸，我的身子还是凉冰冰的。”

我摸她的胳膊，的确是凉的，但我仍然要固执地去想：“我拥抱的是我的花儿的温馨的娇躯。”这并非谵妄之言。温柔、馨香、姣好总是用来说明女性的。而对她来说，投入我的怀抱，也就是为了让自己在温柔中融化。我是豪放的荒原喂养过的汉子，我不应该在乎那种规范化和程式化了的异性之间的接触。

可是……我的心和手一起颤抖，我没有勇气解开她的衣扣。我非常清楚：在这种史无前例的“大革命”的年月，我们的试验不会出现企盼中的那种结果——争取投资，建立青海湖性信息素研究站，保卫环湖的绿色。基于此，我没有信心去把精力和时间浪掷在毛毛虫的性研究上，哪怕这意味着我会因此而走向国际生物颁奖台。试验结束之后便是抗争，我们的绿色守护神的豪迈，我们的科学工作者的骄傲，将会伴随抗争的失败而荡然无存。绿色将继续消逝，青海湖将一天天干枯，环湖草原将成为一片广袤的沙原，扩展死寂，也扩展恐怖。那时，她的由秀美的脸庞、漂亮的身段和温馨的气息造就的女性的风采、魅力，依旧故我。而我呢？失去了对环湖未来的热盼，失去了对干涸枯败的憎恶和为了绿色的献身，也就只是个凡夫俗子意义上的男人了。而她倾慕的绝不仅仅是一个男人。青春的骚动、野性的浪漫带来的悲剧是不会有壮美色彩的。

在夜色带给我们神秘、大雪带给我们机缘的时刻，我意识到了我们的科学试验的荒唐，也意识到了浪漫结合的荒唐，更意识到了这场“大革命”的无情。

我们无语。在雪被底下，我们默默无语。我的花儿，你为什么也要默默无语？刹那间，我觉得她怅怅的目光把我的灵魂掏走了。

第八章　大荒原黑梦

奔腾的荒原、疾驰的大湖、倾倒的地球、耸动的地平线、旋转的宇宙。益西拉毛，像饿狼扑向累倒的血液还在滚沸的活尸，像忠实的猎狗为了获得主人的信任，英武地射向一只逃命的沙狐，像劈裂大地的闪电，像划过草尖的疾风，像水脉一晃，像投向情人的一瞥惊心动魄的目光。而路途依旧遥远，脚下依旧坎坷。那肿胀的奶头已经裂开滴奶的口子了，一道，两道……我这个高超的骑手还俯身看见了那隐现在乳尖上的第三道裂口。可它的头颅却不肯低下，目光的投射还是那样熠熠有神。

荒原，假如你承认你就是我们的爱，你就永远不会看到我们的疲惫。益西拉毛，那让雄性感到羞赧的气派昭示荒原注目：它将成为环湖首屈一指的枭雄。它已经失去了，失去了母爱的温柔，失去了女性的和顺，变得狂暴了，粗野了，倔强了，潜藏于生命底层的兽性的残忍使它不顾一切了，包括自身的安危。是的，爱是仇恨和疯狂的源泉。

然而，环湖，荒原，自有复仇的办法，它用广袤无边和起伏不平，用承受热阳烤炙的无私，用生产逆风的办法，冷酷地试图挫败征服者。既然人们对它不那么彬彬有礼，它也无需对益西拉毛温文尔雅。悲歌在飞奔的四蹄下低吟，越来越浑厚沉闷了。

清晨，出太阳了，而雪花还在飘洒。我的花儿掀开雪被，坐起来嗔我一眼："太可怕了，我和一具僵尸睡了一夜。"

我惨然一笑，看着她离开了我。而我依旧躺在那里，静静听着远方随晨风飘来的沉重的涌浪节奏，既无兴奋，也无伤感。一切都被茫茫荒原、被我的花儿的执着淡去了。

是的，很久以前我就想过，应该把忧伤交给时间，流逝，流逝，只在需要的时候，只在生活用不着我们的时候，用回忆掬一捧过去了的事情，细细品味，也让儿孙们听听流年的回音，大概也是一种享受吧！可是，昨夜的平静已经证明，我的心已不再年轻了，该是掬一捧往事的时候了，可为什么反而变得健忘淡泊了呢？脑海中，那涌来荡去的潮汐之上，只有我自己随波沉浮的身影。这身影不知从哪里来，也不知到哪里去，前不见古人，后不见来者。悠悠。

我蓦然觉得我的身体飘然而起了，飘离了人类社会，飘向了创世年代神祇们的生活环境中。哦，原来我还没有到忘怀一切的地步，神秘的密宗院里，七彩绘就的神佛故事壁画中，不就有我的影子吗？

渺远的大湖，湖畔，神国仙妃——吉祥的鹿目女躺在地上，仰面朝天，像沙丘一样隆起的乳胸，在太阳潮炽情的拍打下，昂扬地鼓荡起伏着。终于，那母亲腺的喷口，滋出了一道彩虹般美丽的抛物线，横跨天际，弧射向高原干燥的土地。

土地上，一个人类的大孩子张大皮干肉裂的双唇，狗熊般吮吸。汩汩流淌，在孩子口中汩汩流淌的地球第一台地的阴柔，这苦涩而解馋的救命乳汁啊！在我的人类先民的痛苦和欢欣之中，凝结成了文殊菩萨手中那根粗壮的金刚杵，从脊梁上将我挑起。于是我能站立了，我能走路了。我的人类的母亲——鹿目女惊奇地望着我这两条强健的大腿，投来嫉妒的一瞥。

求求你了，神圣的母亲，别再让我软弱无力地躺下，别拒绝我对你的崇拜，别再让我把心灵拴在地球的脖子上，徒作一枚心形的饰物。我要和你一起飞升。我是你的，你有权力汲取我浑身的血液，权充你的护肤霜或花露水，涂抹在肌肤上，育成你的女性的丰腴和嫩白。

可是，冷酷的鹿目女并不在乎这来自人类的请求。她不理不睬地远去了，只把她的嫉妒留给了我。于是我也变得喜欢嫉妒了——嫉妒一切女性，嫉妒洪荒大地，嫉妒宇宙自然，嫉妒那个远星近月的夜晚，公猿给摩登女郎的那一个优雅的飞吻——这跨越历史长河的远程默契和褊狭的恋情，一下子使世界失去了平衡，人类从此分化了，分化成原始的团帮体系和现代的孤独群体。我就只好来这里，迫于无奈而又异常主动地承受这种被干燥钟情而被阴湿遗忘的苦痛，承受这种被阳刚锻造而无阴柔抚摸的煎熬，承受这种拒绝女性拥抱之后孤寂无告的折磨。

我明白我这是自讨苦吃，可即使这苦果会让我顷刻死去，我也不得不吃。我害怕密宗院里那些恐怖的幽灵扒去我的人皮，用我的腿骨做他们布道的法号。大威德怖畏金刚怀中的裸女哟，据说是观音菩萨的化身。她投入这位愤怒神的怀抱，目的是现身说法，改变其贪欲凶残的本性。如果金刚欲念不灭、凡心不改，菩萨就会使他变作一头苦难兽，永远成为愤怒神践灭的对象。

我的花儿，你莫不是观音转世？莫不是想试探我是否还具有大漠中追逐女人的野蛮？在那一个创世的早晨，我的摩登祖先漫不经心地创造了我，而在今天这个依旧在创世的黎明，神祇们教化过的我，却要拒绝爱，拒绝给女人创造一个分娩的机会。我的菩萨，你的试探是拙劣的，我有能力抵制任何诱惑。

遗憾的是，在我对女性冷漠的扬扬得意的回避中，我的人的尊严，我的男子汉的荣耀，我的雄性的血气和精气的作用，我的大自然和鹿目女赋予我的崛起与奋进的意识轰然圮塌了，逸然而出的是洪荒——心的失落。然而，面对我的花儿，面对这场即将消逝的大雪，我的自尊却还要让我去说：大荒原，请不要为我忧伤。

我站起来了，跨出雪窝子，望望远方的雪山，走向我的花儿："怎么，今天还要工作？"

"性信息素的迷向试验。"她和我都说的是人话，顿时将我从半神国半人界的密宗氛围中拉了出来。

我愣怔着，又道："可是，还会有雄虫吗？"

"试试看吧，还没到雄虫死去的季节，天晴了也许还会飞出来。"

我一声叹息，引来她诧异的目光。她那一双黑洞洞的眸子被雪色染透，变得莹润了。可我怀疑她这是流泪。你呀，用美丽和柔情撞开我心扉的我的花儿，你是软弱的。尽管此时你比我更有勇气待在荒原，但最终在厄运面前，你会显得不堪一击。

我说："丢下你的试验吧，我们该回了。"

她斩钉截铁地说："不！"

我明白她的执着——要出成果，根植于环湖荒原的真正成果，不能震惊世界，也要播向远方和后代。这我同意，因为我勉强也算是"志士仁人"中的一员。可是，我们依旧是天真的。这里，环湖，荒原，虽然有丰饶辽阔的事业的土壤，但气候呢？在单色调的背景中，我们不过是几株惹人注目的花花草草，徒做了点缀。我们却无法超脱，只能嫁给生活。就是说，等待吧，等我们的生活有了出息，我们的出息便在其中了。

"好吧，我陪你到底。"我说。

"如果仅仅是为了陪我，我就只好撵你走了。"

"那你还要我干什么？"

沉默。我抬起询问的眼睛，仍然是沉默。她有恨，她憎恶我的沉默，如同憎恶那种妨碍事业的高寒带的冷凉气候。看来，我是不能沉默的。

我说："如果，你的试验成了酒宴上助兴的闲言碎语，你还会来荒原吗？来这里做一个普通的牧人？"

她激愤地仰起头。她说，要那样，她宁肯再往西去，去昆仑山上海拔 5000 米的地方试验南国水杉的引种，或者去荒无人烟的大漠，为九级漠风吹折的一杆骆驼刺而伤心落泪。"反正，"她说，"不做无谓的牺牲。"

我还有什么可说的呢？兀自前去，期望她跟来。她跟来了。白雪刺眼的折光里，有趣的迷向试验又使我们暂时忘怀了别的。

雪后初晴，云烟淡淡，渐渐散尽了。雪光和日光的辐射交汇成荒原特有的物质空间。身前身后，好一个无边光景。轻清的风日里，正像我们期待的那样，雄性毛虫的声息渐渐从四面八方传来了，这大概是今年它们的最后一次航行，拼命鼓翅，拼命嘤嘤哼唱。我们在地上划定了一个迷向区，捉来几只雌虫分散着放置，又将八个含有超量性信息素的塑料泡沫左一个右一个地摆开。

第一只雄虫飞来了，它找不到那个可以钻进去拥抱爱人的茧壳，可发达的触角又受不了那种强烈的性引诱的刺激，忽而盘旋，忽而俯冲，发出颤抖的鸣叫，把整个迷向区震荡得有声有色。

人类到底是智慧生物，开起这种残酷的玩笑来，令虫、令兽、令整个大自然都望尘莫及。这只雄虫直到累死，也不会明白：引诱最强烈的，恰恰是虚假的。而它爱的附丽、那个焦灼等待的雌虫，此时却默默无闻，它纯真的光晕被一大片斑斓的华彩所湮没；它质朴的、羞羞答答释放出来的性信息素，即使聚攒了整个生命的力量，也抵不过塑料泡沫的诱雄魔力。

这只雄虫被迷惑了。但它执迷不悟，直到能量耗尽，直到爱的欲求彻底消逝，才颠簸着飞出迷向区，飞不多远，便一头栽向大地。它大概死了，死得悲壮而惨烈，但无法勾起我们的怜悯。我们是骄傲而高贵的人类。我们又一次成功了。

我的花儿的那张迷人的脸，绽成了真正的花朵——眉开眼笑：“用引诱剂干扰雄蛾，可以起到阻碍雄蛾寻找雌蛾的作用，而且阻碍作用随着剂量的提高而增大。这给抑制草原虫害的猖獗提供了极有希望的新途径。”

“你真行，论文的腹稿已经有了。”

对这赞叹，她由衷地感谢，也显出被赞叹者通常具有的那种不好意思来。可我，老实说，是违心的。我甚至为她的成功而恼怒，甚至默默预祝她在荒原的所有试验都一败涂地，因为这是一种得不到承认也得不到推广的毫无价值的成功。眼看草场一天天缩小了，牧草一年年退化了，土壤一天天变质了，湖水一寸寸后退了。而使草场走向荒败光秃的，绝不是毛虫。

一部分人为了人类自身的生存、发展，也为了维护某种永恒的存在，颠前踬后，抛洒生命，理直气壮地要保护这个哺育了人类的大自然。另一部分人，也是为着同一个目的，却要践踏灭杀人类的摇篮。人类的悲剧性结局，就在这种并行不悖却又对抗不息的过程中发生了。我们来自五湖四海,为了一个共同的目标,走到一起来了。于是碰撞，厮斗，流血，悲剧一幕又一幕。

历史就在这种悲剧的无休无止的情节发展中演进着，缓慢而滞重地来到我们身边，待演完了这一幕便又会沉沉地离开我们。而我们却很少去考虑这些，尽管我们也许具有探明宇宙、把握宇宙、将宇宙窃为己有的智慧。我们意识到的只是我们活着，还要活下去。为此，我们必须即刻吃点儿什么。

“我饿了。”我的花儿说，“去哪儿找吃的？”

“洛桑所以有丢下我们的狠心，是因为雪窝子里睡觉冻不死人，可我们不能吃雪。”

“你是说，他一定会给我们留下食物？”

“你还算聪明。”我说。

我们疲惫地来到曾经是洛桑家的那个地方，开始扒雪。我们的猜测是不错的，那只刨出来的羊皮口袋里的糌粑和酥油，足够我们吃两天的。那么两天后呢？

“我看，我们还是应该找找他们。”我的花儿边吃边说。

我点头，仅仅是为了避免第二次一定更难堪、更会让人失去自制力的雪地上的男女同宿。

吃饱了，又胡乱咽了几口雪，我便将羊皮口袋甩向我的脊背。云雾飘来了，雪山消逝了，而对雪山来说，我们也在消逝。茫茫雪原上，一切都消逝了，也消逝了我的花儿的那张白皙丰腴的漂亮面孔。

我突然停住，朝她吼一声：“你的脸！”

她一惊，马上又指指我的脸。我一下子慌了，我意识到，她脸上的丑陋也出现在了我的脸上。

“快走！”我拉上了她。

她懵懵懂懂被我拖着，好一会儿才问：“这是怎么啦？”

“雪光反射，我们得找个遮阳的地方躲起来。”

她四下望望，沮丧了。雪原平阔，无遮无拦。她让我停下来，恐惧地望望我的脸，开始掏镜子。我一把抓住，任她怎么挣扎也不松开。我明白，一旦她从镜子里看到她那张脸，一定会吓个半死。姑娘受不了毁容的刺激，除非她天生就希望世界被丑陋所充塞，除非她以丑为美，除非她娘给她进行过阿芙罗蒂德奇丑无比的启蒙教育。想想看吧，原本是一种美不可言的娟秀俊逸，现在却烙满了白花花的水泡，一个水泡就是一个待炸的炮弹，一旦爆炸，便又是血肉绽放。那感觉，我受不了，是人都受不了。

我们又开始前行。傍晚了，晚霞被雪色浸透，白炽炽而又空荡荡的。她渐渐离开了我。我问道："哪儿去？"

"打兔子。"

"我跟你去。"

"胡来！"

她瞪眼吓唬道，那脸就更可怕了。的确是胡来。一个女的，像猎兔人那样蹲在草丛里，人的排泄方式和由社会注入意识的羞赧都要求她避开人眼。而一个与她不相干的男人却要跟她去，可笑。但我明白，她给自己创造了一个滋生绝望的机会，她会偷偷照镜子的。有好戏要看了，大起大落，大哀大悲，一个悲剧女性的恸哭、悔恨、恼怒、疯张，楚楚动人。而我，一个男子汉，假如要诚心爱她，这就是一个绝好的机会了。这，我能做到吗？

她来了，装四方小镜的右边那个衣袋盖明显起了变化。我一阵惶怵。

"等急了？"她问。

"不急。"

"怎么愣着，快走啊！"

我机械地跟上了她。

她说："也许，我们找不到洛桑了。"

"能的。"

"你总是很自信。"

我一怔，看她那平和的眸子："比你，差远了。"

她淡淡一笑，自然而又自负。我恍然大悟：我还不如去为一只毛虫分忧呢！她的脸，她不要，我却舍不得丢。屙屎的没急，拾粪的急了。我算个什么东西。再说，这样一个不珍视美尤其是自己的美的女人，有什么资格被一个男人朝夕相伴呢？

我这才发现我的潜意识：我追逐绿色而来，不仅由于它是人类、禽类、畜类赖以生存的根本，对我更具有吸引力的是它无涯的壮美。假如，我要求一个女人只给我奉献她的肉体，我也许压根就不会和我的花儿同行；或者，我会让我的花儿早早枯萎，在给我生一堆儿女之后，无奈地枯萎。

我的心和脸一起变得异常阴郁了。我有意和她拉开了距离。而在这之前，我所以紧挨着她，也许只是为了向荒原、向荒原人、向荒原的一切生物展览一件艺术品，尽管这件艺术品还不一定属于我。但她是属于世界、属于人类的，守护她当然也是一种幸福，不然，孔夫子和柏拉图的历史意义就会贬值。

她停住，回眸笑着："快点儿呀！"

"别浪费表情了。"我在心里说，"老实告诉你，你现在长得不仅丑陋而且有点儿瘆人了。"

我迟疑着过去，真想不出我哪儿来的勇气会再次站到她身边，望她，伴她行走。可她偏要比平时更近地靠向我。

"那是什么？"她问。

我下意识地望望她的脸。

"我是说前面。"她又道。

我纳闷了。我看到，远方有一片黑乎乎的东西朝这边飘来，像一大块闪着荧光的黑色绫缎。

"别动！"我一把拽住她。

"你听，还有声音。"

我赶紧附和："像毛虫的……"

"不错，是毛虫的。"

刹那间，我预感到了一种心惊肉跳的恐怖，一下子从她背上撕下了那只挎包。挎包里有作为性引诱散发器的几块塑料泡沫。也是刹那间，雄性的毛虫团队用阵阵战叫证实了我的预感。我们的天，是毛虫布成的天，我们的地，我们视域中的全部景观，都成了雄性毛虫拉起的无边帷帐。这帷帐是浑厚沉重的，我们没有能力突破它。啊！汹涌的毛虫潮，弹奏着愤怒的《神圣的战争》，浩浩荡荡，声如洪钟。而那些打冲锋的敢死队员们，已经将我们团团围住，又挤挤蹭蹭地沸滚着落在了我们的衣服上。

"快跑！"我大吼一声，兀自向前奔去。

我的花儿跟来了。

"别跟着我！"我又吼道。

她不听，我忽地停住，一下将她推倒。我又开始疯跑。诱源在我身上，我必须用它将毛虫引向远方，不然，只消几分钟，大荒原的亿万毛虫将会一口一口将我的花儿的骨肉嚼食得不留遗骸。因为这些阳刚精气的占有者终于明白，是我们利用了它们本能的爱的冲动，欺骗了它们并将它们残忍地杀戮。爱是不能欺骗的，也是不能戕害的。在我疯跑的那一刻，我毛骨悚然，像过去被我捉住的毛虫那样，浑身颤动。而那翻卷着怒浪的毛虫潮已经无情地将我淹没。

我恐惧地大叫，但这声音比起毛虫的咆哮来，不啻一声旷野猫慵懒的哈欠。这时，我从身上取下挎包。对不起了，我的花儿，尽管我明白这包里的雌虫和性信息素对你何等重要，但活命要紧，生命只有一次，别的都可以重来。我将那罪恶的性引诱源掷向荒野，看着饿虎般的虫群朝它盖去，长喘了口气，瘫软在地上。

但是，我马上发现，毛虫群并没有因此而放松对我的复仇性的追杀。它们分出一部分来，一下子将我罩住了。我腾地跳起，又开始逃命。虫潮扑来，我满脸都是灼烫的感觉，被虫咬噬的痛苦像一股水流进了我的心脏，又向周身的每一条血管蔓延开去。尽管我浑身冒汗，感到的却是冰冷，血肉就要像冰块一样凝固了，双腿的奔跑也成了机械运动。

这运动一直持续到天光隐去，大夜盖顶。雄性毛虫没有夜间飞翔的习惯，那是由于黑暗催逼着雌虫安眠，遏止了它释放爱的信号的欲念。就是说，我只要逃离这片天空，就一定会安全了。可现在，我不能再这样逃跑下去。毛虫群的涌动越来越强烈，而我心力交瘁，恨不得即刻趴倒。莫非我身上也沾染了性引诱剂？莫非我也是一只运载诱源的小船？我将外衣脱去，朝空一抛，往前跑了几步，便一头栽倒在地。

我不想爬起来了，我跑不动了。来吧，我的大荒原的雄性毛虫。我知道，对荒原、对大自然，我是有罪的。我愿做一堆烂肉，用身体的毁灭给荒原招来几声生命的欢笑。只希望我的灵魂飞升到鹿目女母性的怀抱里，再和她一起去父亲身边，去那个神秘而恐怖的密宗世界报到。

遗憾的是，毛虫又一次受骗了。月光下，它们朝衣服扑去，以为那就是残害过它们的罪魁。它们在衣服上堆积着，一层又一层，很快便垒起了一个黝黑的大包。等这个大包不再增高、声嘶力竭的鸣叫由洪亮变得沉闷时，我的神智和体力也渐渐复原了。

我抬眼寻觅，这才看到，不远处，有灯火闪烁，尽管微弱，可对我的感召力却是空前强大的。我吃力地朝灯火挪去。于是，对雄虫的惊悸消散了，我有了和卓玛意勒再次相逢的机会。

好像在荒原迷蒙混沌的地方，原始将每日窥望文明的那根管子突然延长了许多，一片富丽堂皇的建筑群转瞬间便成了人们感怀的对象；殿堂消逝了，围墙圮毁了，居民们也都离去了。是的，当我站到它面前，透过旷世岑寂，望着头顶那一轮亿万年前的月亮时，感到这片建筑群当初是用情绪的砖坯垒起来的。如今，虽然它理所应当地有了悲剧的命运，但氤氲在残砖断瓦之上的情绪却不住地拓展着人们的思维：这是第几茬人类的活动痕迹？或者，人们会想，在悠远无极的荒原，终于寻到了一处古人类的部落遗址。

可我马上发现了我的错觉，那闪现灯光的地方不就是给我以神学启蒙的护法神殿吗？久违了，我的密宗院，什么时候你破败成了这副模样呢？

就在这片古老寺院悲哀的废墟之上，在那座孤零零的没有喇嘛居守的护法神殿里，卓玛意勒从她情人的怀抱里挣脱出来，高兴地扽住了我的衣袖。她把脸几乎贴到了我的嘴上，一股热气从她身上袅袅升腾，将我的冰冷顷刻驱散了。

“你还是没忘记我。”她毫不怀疑地以为，我是来找她并想和她亲热的。

我不想解释。一个胆小的被荒原嘲弄着的男人，一个被小小毛虫追杀的逃犯，在她眼里是不值分文的。为了表示我的冷漠，我说：“有吃的吗？”

她回头 :“白华尔旦，拿吃的来。”

那男人旋即移动黑森森的身躯，不知从哪里摸出一条羊腿，放到升起灯苗的土台上，又拔出自己的腰刀斜斜插进肉中。看来这小伙子是从远处跑来跟她幽会的，这肉是他路途上的干粮。

我吃了一惊 :“生肉 ?”

“吃啊 !”卓玛意勒将我拉坐到铺着蒿草的砖地上。

她和她的情人怎么也不会明白我为什么迟迟不动手。生肉，我过去吃过，但那是猎奇式的吞吞吐吐的品尝，不是正儿八经的果腹。

“吃啊 !”她坐在我身边。

“好，我吃。”我只说不动。

白华尔旦急了，过来，连撕带割，将巴掌大一块鲜红的肉捧过来。我接了。既然我要使自己装扮得具有荒原人的豪迈，我就得首先让我的胃囊适应这种蛮风野俗。我开始大嚼特嚼。我的嘴从来没有这样大幅度地运动过，竟感到了一种宣泄积郁的舒畅。我突然想到，人类正是在咬噬大自然和别种生物的欢畅中，逐步增强着某种自我意识。如果这种意识过分强烈，就会使人产生错觉——妄自尊大地以为人可以战胜一切。但结果是，战胜别的一切之后，人类便等于战胜了自身。于是人和自然，同归于尽。

荒原跌入了无边的寂静，暗夜在窗外沉思，残存的壁画上狞厉的神像依稀可辨，我的惊悸荡然无存了。我将最后一块生肉吞进喉咙，在裤子上擦着手起身告辞。她却倏地闪向我的身后，让我直面着白华尔旦把别语吐露。

白华尔旦惊愕着，实在纳闷我为什么要走。卓玛意勒只好上前对情人解释。她说我是汉人，不喜欢在我和她睡觉时，有另一个也是属于她的男人在场。白华尔旦似有所悟，憨笑着送我出门，也送她出门。我始才明白，我已经作为第三者破坏了别人的一个情欲喷溅的温醇的夜晚——这发生在古寺院护法神面前的爱情啊。我始才明白，作为女性，作为被荒原激发了真诚追求、被风日抛弃了纯洁专一的女性，卓玛意勒也许有过许多忘记了神的斜睨而放纵性情的夜晚。

“我看，我们还是算了吧。”我说。

她不理会我的话，也没有必要理会，一切都已经决定了。

我说：“她，我得去找她。”

“阿爸早就去找你们了。”

“洛桑不一定找见她。”

卓玛意勒大笑。我明白这笑声的意思：即使我的花儿是遗落在荒原上的一颗玛瑙，洛桑也能找到。我只好跟她前去。我已经不打算再一次拒绝她了，拒绝是无用的，只能证明我的怯懦。既然我和我的花儿之间已经被我垒起了一道防线，我也就摆脱了社会赋予男女私情的那种束缚。哦，这令人着魔的大荒原，大荒原中密宗天地间的情爱，那魔女和男人紧紧拥抱的黑夜中的黑梦啊，当你将要和父亲的坟冢一起，永远成为我悲苦而壮丽的人生记忆的时候，我的所有顾虑都已经亡逸了。

我多么想伸出手去，捧住大荒原黑梦那细草缀饰着的软绵的脸颊，吻一下，再吻一下。不！我应该以陨星从天而降的磅礴俯冲，在你袒露的丰满的胸脯上，在你那具有大起大落的弹性的母亲腺上，留下我的唇痕——一个偌大的深穴，从此告别，别而无憾。因为它最有力量证明我的存在，它会时时提醒那喜欢忘却的荒原，那忽去忽来的寡情薄义的荒原风，那无休无止地进行着历史的机械化涌动的青海湖，记住那个被痴爱激荡了神经、被密宗天地修正了灵魂的大荒原疯子吧！

大荒原黑梦，请不要为我忧伤。

第九章 青海滩头的葬礼

又到湖边了。益西拉毛的投影被湖浪肢解，摔成了无数碎块。叱咤不休的青海湖，张翕搏动的青海湖，鼓荡出信念的青海湖，具有冲飙激浪般离心力的青海湖，无时不在给人以新的启迪：一种类似陆地和海洋再次互换位置的变化似乎就要发生了。湖水滚沸的“隆隆”声和飞耸而起的水浪，让所有禽类远远栖息在了岸畔山岩上。大湖是富有的，因为它饱和了残暴和无情的摧毁力。大湖是壮丽的，因为它残暴地摧毁着的是历史的沉睡，是所有病态的美善和张牙舞爪的丑恶。

益西拉毛，为什么不快快离开呢？你想死吗？死又何怨，谁都得死。再也没有谁会像死神那样对人对马一视同仁了。好啊，一死了之。对我来说，死并不可怕，可怕的是，活着，我必须这样。然而，现在还不是死的时候，不是。我勒紧了缰绳，强迫益西拉毛向别处跑去。

踏踏踏踏踏，踏踏……前进！向前进！物种的进化就是每一个“瞬间前进”累积而成的。又是进化。达尔文老师，难道你错了吗？你指出了猿类进化为人类的悲壮行程，可柏拉图师傅说，创造论才是真理。那些低能动物包括猿儿猴儿，是由人退化而成的。因为他们在无休无止地破坏，而没有用智慧去创造、去更新。可爱的朋友们，来一次聚会吧！由益西拉毛主持，重新讨论一下关于人类的问题。同时希望你们公正地评判一下：我和卓玛意勒的第一次拥抱意味着什么？是智慧的萎缩，还是柏拉图预言的注解？

儿丛簌簌有声的柽柳蓬松着，用龟裂的枝条抽打着星的微光和月的淡晕，无休无止，时重时轻。卓玛意勒已开始行动了。我没有反抗，已经没有必要反抗了。我默默祈祷：“我的花儿，请原谅我，但你失去了我，也许更好些。”

卓玛意勒在朝天祈福，那方式是用深沉到几近死去的眼睛饱览一天夜色，然后抽出短刀，割破右手食指，让血在天星庄严的凝视中，落在环湖荒原那和神一样古老、和爱一样长存、和仇杀一样悠久的土地上，一滴、两滴、噗啦啦啦……这就是说，她的爱是得到了神的庇佑的。她要无保留地爱我，同时也要无保留地爱另一个荒原男子汉。

我受得了吗？我这个本该在道德面前挺胸昂首的人，如今是否要垂头丧气了呢？虽然这并不意味着我对不起我的花儿，但这种没有婚姻意识的结合会使我向社会低头。而对卓玛意勒来说，这不过是融会在古风、融会在祖先遗德中的凡事一桩。爱的慷慨的布施有着永久的历史和不衰的声誉。道德，在城市、在世界各处战无不胜的道德，却被环湖豪迈的人生淡漠了。牧家女的心安理得烙印了人类童年的印记,又似乎预示了未来。它是不朽的,不朽的生命的动力。

“你也祈祷。”她说。

她知道我什么也不信，高天、大地，还有觊觎于夜色中的荒原大神和我们身后的密宗厉鬼。我的照办只是因为她那野性的娇媚使我什么也顾不得了。于是，在环湖弥漫的暗夜，在一股神秘的生命力的怂恿下，她放荡出一阵令荒原大神惊怵的笑声。接着，她将老羊皮袄脱下了。

从古到今，在荒原的怀抱里，野性的爱总是伴随着野性的风和大夜黑星的直面。老实说，即使在我漠视卓玛意勒的那些日子里，我也已经用大脑看到了她身上的每一个细部，除了五脏六腑。而此时，我的眼睛不起作用了，味觉升华，那弥漫四周的呛人鼻息的荒原褐土味顿然变作了女性肉体的芳菲清香。我大口吞咽，大口吐出，不觉乏味，其乐无穷。女人，一个女人在我面前的纵情和我作为男人的欣赏，霎时改变了亘古至今干燥的荒原气候。大荒原，母性的土地，播下一粒种，分蘖千颗穗。我的惬意使我感到了一种来自远古的非常熟悉的生命的舒展。好像在她刚刚从创世者的腿下走出来，好像在她还是一头情窦初开的母猿时，我就已经拥抱过她了。

穿透黑暗的夜鸟，头是朝向青海湖的。它比人更敏锐地感觉到了青曦的浮动。那边，牧草顺着大地的起伏蔓延开去，风动的怪影发出丝丝细语。

我四下看着，告诉卓玛意勒，该是分手的时候了。

她不让我走。她要我答应，我和她还要有无数个这样的夜晚。

我笑了，凄然地笑了。笑声中，我想着我的花儿。我们就要回城去了，多少个夜晚我都敢答应。而对她，这种欺骗也许不算什么，她依旧会忘情地投入另一个男人的怀抱。至于我，决不妒忌，有什么可妒忌的呢？我不是荒原人，我没有在环湖荒原繁衍后代的义务。我们就要离去了。

在洛桑措木的帐房里，我见到了我的花儿。她还在睡觉。太多的劳顿、太多的忧郁和惊惧，使她像死了一般安详。在我吃早饭的整个过程中，她都没有醒。和我一样，她脸上的水泡大多已经枯平，不再让我产生那种头皮发麻、心里惊痒的感觉了。

我问洛桑："她的脸会好吗？"

"得找佛爷。"看我摇头，他又道，"密宗院的知刚佛，从灵鹫山上得来一个宝瓶，瓶里有佛唾，抹一点儿，保证姑娘的皮肉光艳得像观音。"

"可是，密宗院已不存在了，他在哪里呢？"我问。

洛桑说："就在环湖，到处转悠着给人治病。"

我的花儿醒了。

我说："你睡得真甜，梦见什么啦？"

她不理我，起身出门。门外，迎接她的是卓玛意勒的笑声。此刻，荒原女的脸一定和朝阳一样烂漫。

我坐不住了，心神不宁地来到草地上，对我的花儿说："走吧，去拜佛治病。"

"我还没吃早饭呢。"她说着拉着卓玛意勒进了帐房。

我怅怅地踱向湖边，湖中有我的脸：蓊茂的林带托起高高的褐色石壁，上面刻着远古氏族神龙的图腾。林带下面，是一对深湛而幽怆的无名湖，被一道光滑凝重的山梁隔开。山梁突起处，是断崖，崖下有植被，绿树浓荫，榛榛莽莽，环绕着大海。大海深处，时时传出洪钟的声音和地气的热浪。大海下面是作为海湾港口的下巴。那柔和的曲线宛如女人富有神韵的音乐般的乳房。荒原太悠久、太广阔、太厚重了，我的视野里顿时消逝了我自己。轻浮的小小的我的恋情留意，有什么资格要执意存在呢？漫漫荡荡的绿色中每一棵小草纤细的叶片都显得具有非凡的伟力。

是的，轻悠悠的草尖托起了整个人类和依赖智慧而日益扩展的宇宙，负载了变迁的历史和固体的现实。大悲大喜便从草尖上掠过，而一脉绿色的荧光，便是一张悲喜交织的面孔，献身于繁衍的女人和创造的男人的面孔。我想告诉任何一个人，如果你来到环湖、看到大湖、理解荒原的话，你就会明白：人类和自然最初的统一，也是男人和女人最初统一的阶段。人接受着原野的修饰，如同荒原接受着风、水、地壳运动的修饰。如果人的发展不是伴随着自尊的崛起，人就得承认：只有智慧和大地趋于和谐，智慧才是有价值的，才是永恒的，才会成为创造人类自身、创造世界和宇宙的原动力。

我发现我的花儿已经站到我身后了，我说："走吧。"

"去哪儿？"

"寻找活佛治病呀！"我说着朝她眨眨眼。

她明白我眼中的意思了，恋恋不舍地挪动了步子。

那边，卓玛意勒在朝我们喊："把这匹马骑上，早点儿回来。"

"马？不骑了。"我说。

但卓玛意勒已将马牵过来，又递给我一根鞭子："这马贱，它不走，你就打，只要鞭子狠，三个人它也能驮得动。”

“我要是打死了呢？”

“打死益西拉毛？哈！我怕它是个打不死的孬种。”

不能再扯下去了，我拉马就走。

卓玛意勒叮嘱道：“天黑以前回来。”

“不会耽误你的。”我的花儿替我朗声应承，看我边走边瞪了她一眼，又说，“别生气，你已经是卓玛意勒的人了，你应该回来。”

我摇摇头。卓玛意勒，你这头母熊，我对你到底有什么好处呢？你恨不得把你对我也是我对你的引诱广告全世界。可这样赢来的荣耀，简直就像青海湖中湟鱼集体放屁而浮现的一个比白布帐房还要大的水泡，招摇过海，一旦胀烂，就什么也不存在了。

“胡扯！我怎么会回来呢？”我说。

“别害臊，卓玛意勒脸上有字，我会读。她已经离不开你了。”

我沉默，片刻，道：“你大概有点儿妒忌了吧？”

她长叹一声：“我这叫自作自受，我又不是一只毛虫。”

“别再提毛虫了。”我说，“要走就快走。”

宝瓶里的唾沫，滚他妈的蛋！那不过是个逃开卓玛意勒追踪的幌子。从这里往南走，七八个小时后，我们会看到一个以红砖平房的商店为主体建筑、售货员比顾客多的县城，再从那里乘车回省府。我拉转益西拉毛，从它背上取下卓玛意勒为我们准备的路上吃的糌粑，撒开缰绳，又过去猛击一下它的屁股。

益西拉毛往前走几步，又停下，回头望着我们，似在说：“不要我了？”

“不该让它回去。”我的花儿说。

“它是个累赘。”

“它会找不到家的。”

“他们看到它的尸体也好，反正总得让他们明白，我们已经不再来了。”

我又上前驱赶益西拉毛。我的花儿不再吭声了。沉默伴着我们前行，好长一段路，好一阵寂寞。突然我们站住了。在邈远的绿岚冉冉的地平线上，一个白色的物体缓缓移动，渐渐近了，啊，一头白熊。我们犯傻，环湖总让人犯傻。

“快走！”我说。

“你害怕了？”她问我。

“你不怕？”

她摇头，可脚步却朝我挪过来，直到身子贴住了我。我按着她的肩膀，和她一起蹲下，翘着下巴瞩望前方。白熊走走停停，越靠近我们行动越迟缓，有几次，甚至歪斜着身子倒了下去。

“它大概老了。”我说，“老了，吃不动草了，走不动路了，无法危害我们了。”

我的花儿倏地站起。

“干什么？”

“打熊。”

“蹲下！”我吼一声，一把拽她坐到草地上。

就在这时，像是从哪个地洞里冒出来的，两道灰色的闪电出现了。没等我们分清是狼是狗，那白熊便发出了一阵悠长而沉闷的哀号。它朝扑过来的敌人左扇一掌，右扇一掌，之后便毫无声息地倒了下去。两只灰狼狞声叫着，爬到它身上来回跃动。

我掏出火柴，又脱下外衣。一会儿，我忽地站起，挥动着火光闪烁的衣服，用最大的音量又喊又叫。我的花儿也随着叫唤起来。狼跑了，在雾气飘逸的远方驻足，睖睖地眺望我们。我拉着她，屏息静气地走了过去。

白熊已经不能动了，毛烘烘的肚皮上，有两个喷吐着血浆的深洞。它死了，终于悲壮地死了。在它死前的最后一刻，还用那聚集了生物元气的厚掌，捍卫着它在荒原上的声誉。可是，它老了，可敬的荒原之王，终于老了，吃不动草了，走不动路了，也要受无能的狼辈们的欺辱了。

我的花儿哀婉地挺立在风中，不忍离去，半晌才说："它好像就是你的库库诺尔。"

"不是，绝对不是。"我不承认，我永远不能承认，"你没见它浑身白毛吗？"

"也许是忧伤和孤独造成的，像人的头发，熊一生都很孤独。"她说。

我毫无根据地断然否定："库库诺尔一定还活着。"

我们忙乎起来。这时间，这地方，牛毛草还是一片鲜绿，亭亭玉立的勾头草却已经愁思到枯黄。我们用手拔，拔了好多，可以在白熊身上盖起厚厚的一层了。于是，大火升起，烟雾蒸腾而弥漫。荒原上的孤烟，为孤独得过早衰竭了的荒原之王挂起了痛悼的挽幛。

我们释放性信息素的工作结束了，就在这凄凉而庄严的白熊的葬礼中结束了，默默地结束了。青青高原湖——我的库库诺尔，沉重寥廓的环湖荒原，我的卓玛意勒，别了。

我们默默前行，然而，万万没有想到，我们会迷路。我们应该从沙漠的边缘绕过去。可我的花儿说："那会绕到什么时候呢，不如直直穿过去。"于是，我们走进了沙漠，却怎么也无法走出去了。

第十章　盖世土林——天神坟冢

益西拉毛，你知道吗，我们的环湖奔驰是微不足道的。真正的壮行应该是斩断黄道，让地球脱离轨迹，甩开太阳的牵引，突破银河堤坝，来一次独立自主的横冲直撞的旅行。

曾有过这样的旅行吗？可惜，连神祇们的记忆也不曾保留宇宙之王给地球以自由和自主权的那个日子。宇宙是孤独的，因为它不被人类所了解。

希望也许在将来，我或者我的早已经逃出躯壳禁锢的灵魂，会看到天外突然有了无数陌生的迎春黄、玫瑰红的河外星系，而银河却似一溜儿淡云，飘逸在天文望远镜探寻距离的极点上。到那时，我们才有资格用天文学家透视大宇的眼光看地球、看社会、看自然、看人生，也看待荒原的神祇们；才有理由，在一次和外星系智慧生物的外交照会之后，用喜悦而激动的大块颜色绘就一行历史文字：人类不是孤独的，新纪元的诞生便是宇宙对话开始的那一刻。

但这光辉灿烂的一刻的到来，只能在荒原隆升到极点的时候，任何力量也无法将它提前或推迟。在这漫长而乏味的等待过程中，我和我的益西拉毛也只有用这种生命的拼搏来驱散我们的寂寞了。

黄昏来临了。天地又一次呈现出太初时的框架：天圆如张盖，地方如棋局。而在西天边际的天地结合处，大气在阵痛中骚动，书写于遥远年代的一部自然史以散发着血腥气息的绛紫色，赫然悬挂在那边。

转瞬之间，我便领悟到了古巴比伦人用几个世纪的经验积累创立的“盖天说”的精义，并试图用它来大声疾呼着纠正现代天文学、生物学最新成果的胡说八道。我们，人类，为了适于繁衍，从地球的边沿走向腹地，侵占了虎豹豺狼的国土，然后安居，然后以无限惆怅的心情回首往事，然后又派出麦哲伦去寻找地球的边沿。因为善于怀旧的人类思念那个最辉煌的时代，人类从地平线走来的那一刻，便是生命最为繁盛的年代。

在那个年代，衔接着地球边沿的环湖漠地，每条鳄鱼都能讲一个美丽的神话，每一堆海藻上都有一个上帝，每一朵海生巨荷上都有一个睡美人。可到了今天，它却变作了一片大沙海。人类开始唾弃并遗忘它，偶尔用仇视的目光望它一眼，那也是为了要把人类的不肖子送来这里洗刷罪孽。我和我的花儿难道就是人类的不肖子吗？可我们一直认为，我们是人中英杰，我们是一种永远不需要澄清的美好的事实。

十万里雄黄，十万里寂寞，十万座相似的沙丘。黄沙，黄风，黄色的世界，我的剽悍的黄粱梦。高天之下，黄皮肤哲人那旷日持久的黄色的淡泊只能让我们大脑发木、意识退化。在经过一番左顾右盼、前冲后突之后，我们已经不再有即刻走出沙漠的打算了。

我们坐在沙地上，吃饱了糌粑，切盼着黑夜的来临。因为黑夜会在我们面前遮去这死寂的黄色，会消去那种沙漠无际而生命可怜的悲凉感觉。还有，当明丽的星辉恣情地向人暗送秋波时，当星光和眼光在空中互相追逐着谈情说爱时，人会产生一种博大而深邃的满足。那和平安宁的大气，那让筋骨陡然松弛的舒适感，会使人变作一股青烟、一脉岚光、一种温和的精神、一种忧郁的哲思，在黑色的古漠之上徘徊流荡。

天上一颗星，地上一个人。星体在无边无际、无顶无底的空间游移，可它从来不会失落，更不会有那种感觉不到自我存在的空虚，也不会有那种由于行将毁灭而出现的轻飘飘的悲哀。人呢？既然我是一颗光彩熠熠的行星，我也不能失落，哪怕明天、后天乃至永远走不出这片荒古沙海呢！古沙洲，请不要为我哭泣。

然而，我的花儿却哭了。在我的身边，她用衣袖蒙住了眼睛，不断地抽搐着。

“哭什么，有我呢。”

“你？”她抬眼望望我，悲哀地摇头。她这是不相信我。

我恼了：“大不了一死，有什么可伤心的？反正活着也没意思。”

可我马上明白，这种恼火正是我无能的表现，我为什么不可以给她一些勇气呢？只要活着，只要我们的心灵世界里有自己的影子，有最美妙的生活的乐趣，沙漠和城市有什么区别呢？谢谢你了，无边旷漠的死寂和我的花儿的绝望，你们逼着我有所作为，逼着我在遥见人生尽头的时候，去完成我的也是我的花儿的那一桩心愿。我隐约觉得，此时，只要我愿意，只要我敢于撕去那层假装是人的道德面纱，我便可以粗手粗脚地给她换上皇帝的新衣，而当她发现她的女性的圣体已经在大漠晚照中裸露无余了的时候，也会含羞带笑地安眠于我铁硬的毛茸茸的胸脯上。

是的，我们必须用爱的沉醉淡忘我们的处境，必须用青春勃发的激情战胜孤寂的咬啮。

我对她轻声道："过来，靠紧我。"

她抬起头："干什么？"

"你说我们现在应该干什么。"

她茫然摇头。

"难道你不想从我这里得到欢乐？"我说着，朝她挪了挪，一把搂住了她的腰。

她先是一愣，接着便拿掉我的手，冷冷地说："不行。"

"什么不行？你知道我要干什么？"看她回答不出来了，我又道，"别误会，我不是胡来，我是在决定我的终身大事。"

她吃惊地抬抬屁股，又坐下了："怎么，你还没有决定？那你为什么要和卓玛意勒……"

"那算什么，我和她根本谈不上爱情。"

"撒谎！没出息的男人才会这样。晚了，已经晚了，你已经是她的人了。你不能忘恩负义，尤其是对一个牧家女。"她说着，起身，慢腾腾朝一边踱去。

我也站了起来，我真想撵过去，老老实实告诉她，我什么时候都是对的，假如我要强迫一个女人，那也是合情合理的；假如我要追求一个女人，那也是美丽温醇的；假如我要抛弃一个女人，那也是男人情愫、汉子做派的证明；假如我要彻底忘掉一个女人，就更能说明我是一个真正的在大荒原顶天立地的拿得起、放得下的雄性之佼佼者。那广阔阒寂的大荒原，这漫漫荡荡的大沙海，铸就我的就应该是这种金子般坚硬的心灵，塑造成的就应该是这种金子般完美的人格。

可是，我的花儿，你能理解这种荒漠人格吗？你能从那种被文明染黑了的传统爱情观中走出来吗？你大概不能。既然如此，我还有什么必要去陈述我的心迹呢？旷漠是寂静的，寂静的伟大就在于让人的嘴巴变成了毫无作用的装饰物，甚至也不用去听、去看、去想。耳朵，两片椭圆的树叶；眼睛，两颗闪现黝黑之光的石头蛋；鼻子，可以作为蚂蚁的避风港和借以贮粮、借以垒起蚂蚁蛋的洞穴；大脑，应该是塞满了黄色颗粒物的古拙的陶罐，或者可以成为雌性的智慧生物放歌舞蹈的空场。

那么，绵长而颤抖的情思呢？就让它去做一条贞洁裤的裤带吧，永不松结地捆扎在任何一个让我钟情的姑娘的腰肢，与文明不朽，与大地无疆。行了，就让我恢复过去的平静，在我的花儿面前重新扮演一个冷血动物的角色吧，干燥的沙漠本来就不是一个让男人意气风发的地方。

我朝我的花儿走去，看见了一只古鼢鼠。由于长期处在干渴之中和缺乏食物营养，它早已退化了，原本比旱獭还要壮实的身体在经过几个世纪的更新换代之后，萎缩成了鸡蛋的个头，比身子还要长两倍的能蜷能伸能卷食物能把一只狐狸扫倒的一专多能的尾巴，也变得和线绳一样细了，嗅觉迟钝得不闻一尺之遥的异味，目光却比牙齿还要短浅。所以，当我的花儿蹲下来好奇地望着它时，它还是那样病歪歪地朝前爬动着。眼看就要触到我的花儿的脚面了，她忽地朝后一窜，就要用脚踢开它。

“别动！”我喊一声，跳过去，轻轻抓起它，把它捧到眼前，细细端详。

鼢鼠驯服地趴在我手心里，眨眨眼，晃晃头，扭转身子，顺着我的胳膊抖抖索索爬进了我的怀抱。

“它大概病了。”我说。

我的花儿一愣，突然尖叫起来：“快扔掉！它会传染鼠疫的。”

我犹豫着摇摇头，抬眼望着她的胸脯：“把你的毛衣线给我抽一根。”

这又不是强求她干别的，她没有理由拒绝我。我用那半截红色的毛线在鼢鼠脖子上松松垮垮围了一圈，打了个死结，然后小心翼翼地将它放到地上了。它左右流盼着，带着人类对弱小生灵的祝福，不留声息地朝前爬去。它走了，消逝在了茫茫沙漠中。它走了，哪儿是它的家呢？它的母亲呢？妻子或丈夫呢？它走了，辽阔的大漠中，我们还会找到它吗？会的，会的，那悲壮的落日，莫不就是它的影子？但我明白，人类能够征服的正是这些走向退化的需要保护的大自然的弱者。

我怅然若失，喃喃自语：“愿神仙保佑它，今年是鼠年……”

我的花儿吃惊地瞪视着我。她似乎被感动了，似乎觉得一个男人不应该那样缠绵地对待一只荒漠鼠，似乎感到了她作为女人的悲哀。她默默来到我身边，和我一起瞩望空荡荡的远方。

最后一抹霞色燃尽了，产生于创世前夜的天穹的黑色大盖又一次罩住了光明世界。我在天空寻觅，蓦然发现小时候我看到的织女星和牛郎星竟也在大漠之上。一种空前的幻灭感顿时袭扰了我的周身。数万年前，我的猿祖看到过这两颗星，之后，我的披铁甲挥长刀的先人又看到了它们，说它们一个像梭子，一个像扁担。于是，它们便依附着一个美丽的神话成了中华民族敬仰的爱情偶像。现在我又看到它们了，依旧是梭子和扁担。星永在，神话永在，而人却一茬一茬地死去了。我也会死的，可我希望和它们一起泯灭在宇宙之中，好让我的子孙后代永远不要为牛郎和织女担忧。因为人世间近在咫尺却似天各一方的爱情已经够让人忧虑的了。

我扭头望望我的花儿，轻声道："休息吧，好好睡一觉，要死也不在今天晚上。"说罢，我便在地上给她刨出了一个沙窝，又在离她五步远的地方营造出了我自己的原始沙床。

"明天，咱们怎么办？"临睡前，她问我。

我一脸茫然："你说怎么办？"

"走，朝东走，也许就会走出去的。"

"走就走，反正总得有事情干。"

可我没想到，第二天上午，当我们在口渴难耐中走进雅丹地貌时，喷涌而出的思绪一下子将我们所有的痛苦都淹没了。

很久以前，我就听到和看到过关于它的传说——雅丹地貌，我们的盖世土林，我们的天神坟冢。据说亚当和夏娃就是在这里被上帝制造出来的，所以又叫亚当地貌。但更为普及的流传却是荒原大神与大威德怖畏金刚的那场战争。金刚原是西天魔障，率领天下亿万鬼魅，试图夺取荒原大神的尊位。荒原大神派兵征讨。战争持续了563年，魔障败绩，逃往盖世土林，却在那里被鹿目女感化，成了密宗院巨大佛荫下的一个乘凉人。

洪荒年月里的震荡如今已经无法重现了，那种石破天惊的宏大场面，那种天宇地界之间划时代的碰撞，那种原初的征服意识的膨胀爆炸，不是宇宙之王的御用文人便无法去真实地描述。后来者所能做到的，仅仅是来这里感受一种空前绵长的深厚的历史氛围，培育出自己博大而超然的人类心态，或者，获取一种灵感、一种情绪、一种精神。

西天佛子来了，顿时彻悟，仅仅用了半天时间打禅冥想，便进入了无色无觉、无我无物的涅槃境界。印度海上著名的海盗婆罗门信徒高弭赛也来过这里，没待十分钟便觉得六根已除、万念俱灭、四大皆空，不如放下屠刀，立地成佛。佛国尊长嫌他阳气太盛，血气方刚，执意不收，他便一头朝那座蘑菇状高丘撞去，死了，血流成河。人们说，至今还有偌大一片血色绘制成的地图平铺在土林里。

盖世土林，让人类雄风却步的佛门入定之地，难道不会让拿破仑心灰意懒？难道不可以让希特勒杀心崩溃？难道不会让所有利欲熏心的人变得具有小国寡民的思想？难道不可以说，它是一片意识和哲学的真空——一切非理性的东西都将在这里变成无色无形的柔和气体，而人类的理性大厦也将在这里失去建造的任何条件。

可怕的是，我和我的花儿是在没有丝毫准备的情况下，去迎接这种自然向人类理性的不可一世的挑战的。我们记忆深处那些无因无果、似神似人的传说，不过是给雅丹地貌涂上了一层更为浓重的神秘诡异的色彩罢了。当十万吨为一个体积的庞大云雾在土林间奔腾，林中大部分形态还在气体的裹缠下欲眠欲醒时，我们脑海中更为活跃的期望是：迷茫朦胧处，藏匿着一个赛过任何青山秀峰、压倒一切艺术造型的形胜之地。

我们在期待中轻松了许多。大漠的荒凉和旷世悲哀触及的似乎是我们人类钢筋铁骨网就的神经系统，悲凉倏然破碎，似乎再也不会使我们低沉。但是，我们的轻松并没有持续多久，随着云雾渐渐朝后退去，我们的脑壳爆炸了。盖世土林的全貌以它惊世骇俗的逼人气势直扑过来，又戛然立于我们面前。

我们看到，迭现于眼中的是辉煌的金字塔，是摩天大城垣，是立锥形的奋勇向上的擎天大柱，是骷髅状的站起来了的远古神祇的宏伟骨架，是高大方正的宇宙祭坛，是沙土结构的耸立无极的原始井架，是拔地而起的古蕨类植物的硕杆高枝，是抬起前肢张牙舞爪地怒视人类的猛犸象、古雷兽，是许多无头莽牛和猛狮用开裂的脖颈吞咽沙暴的高大形象，是宇宙间雄性生殖器的荟萃和勃立，是峻荡日月的地球诞生期遗留下来的永恒标志，是自然伟力极端化了的崛起的象征。不，它们不属于地球。它们从天而降，它们是地外天体上陨落而来的一些无名物，是地外智慧所创造的人类能量无法达到的古老建筑群体。在这里，如果谁不相信宇宙之王和诸天神的存在，谁就无法进行畅通无阻的思维活动，谁就会变成疯子，哭笑着狂颠乱跑，然后一头撞死。

我想死了，死而无憾。唯一的希望便是某个崛起物突然崩塌，砸死我，然后掩埋，然后鼓起雄浑的坟茔。是的，在这里，在无数天造地设的奇伟形体脚下，在阵阵狞厉气氛的冲撞中，在永恒面前，人算什么？渺小，渺小得如同一粒真菌，践灭它，连叹息都是多余的，如同一个人在为一滴干枯的水长吁短叹时所显出的无聊一样。这无言的神秘世界，对人类最有用的便是摧毁任何信仰、征服一切意念，让数万年的人类文明史在它面前化成气息、杳然无存，或风化为一抔沙土，随空气飘逝。它时时都在向所有生物默诵着悠长而单调的安魂祈祷。我的灵魂飞升而去了，思维由无形变为有形，那便是一座圆锥体的玄武岩堆成的纪念塔。我的胸腔被窒息，语言被粉碎，可我极想说话。我的花儿，我的纯洁的阴湿凹地，我怎么看不见你了呢？

“哦——哦——呀——”我发出阵阵不知属于何种生物的声音，朝土林深处跑去，两手下意识地撕扯着衣服。

终于，我看见她了。在一处低洼地里，她跪伏着将头朝疏松的沙堆埋去，进行着人类最伟大最虔诚的顶礼。她背后，是一座文明世界中还不曾见的高大烟囱，面前是一面倒立的三角大壁，壁高至少也有五十丈，壁面有无数天风天雨冲刷而成的巨型孔洞，洞外是苍苍白天。而那些孔洞之间隆起的土石，却成了生物原初意识和原始情绪的抽象表现——绝望，恐惧，惆怅，忧伤，愤然挣扎。

我也跪下了，向亚当膜拜。直到这时，我才发现，我的衣服不见了，我浑身赤裸裸的。黄皮肤，黄沙地，金黄一片的环境。我已经不自觉地有了和辉煌的自然融为一体的意识，我成了从天神墓地的一个洞穴里钻出来的一只无意识的爬虫。我浑身战栗，仰望面前的高壁，胡乱吼叫着什么。后来想起来，那意思大概是这样的：宇宙，历史，上帝，荒原大神，鹿目女，大荒原黑梦，饶了我们吧！我们还不能死，我们要好端端地回去，我们是人，我们毕竟在人类文明社会中淘洗过，我们还有人生，我们还将奋斗。

我忽地站了起来，用莫名其妙的尖厉嗓音向周围狂轰滥炸。我的花儿也站了起来，她没有喊叫，只是伫立着向土林微笑。不知什么时候，那下意识的作用也使她脱得一丝不挂。可我竟没有惊奇，甚至觉得假如我看到她是穿了衣服的，那才格外异常。

哦，天神墓地，你是创巨痛深的宇宙精灵聚集的地方。人类痛苦的宣泄、历史的悲剧性演绎、奇形怪状的神祇、摇摇欲坠的意念、奇幻险峻的爱情、深重哀伤的基调、不驯不服的抗争、腾挪跌宕的精神，和你相比，算得了什么呢？你是宽容的，你没有丝毫敌对人类的理由，更不屑浪费唾液去吞咽我们。

那迫人死灭的景观气势和情绪的喧豗向远方慢慢退去。我渐趋平静了，心境宛若一朵花在悄悄绽放，血液由激荡变得平静，缓缓走向澄澈。眼睛呢？当我望着我的花儿时，惯常的瞪视顿时变成了默默欣赏：清亮的泉水就要从那里荡漾而出了。那里是什么？九月大漠安谧的早晨，地水汩汩流过，只待那一刻，美丽的母亲将它捧到男婴的面前——英姿勃勃的伟大的乳房在她胸前激动地胀大；幽婉的弯月形沙丘的弧线，那么随心所欲地缠绕在她的身上；黄色的臀部、黄色的大腿、黄色的那柔软而和暖的腰肢。我在一种安适的气氛中沉静地望到了一方花红柳绿的高原，望到了一片碧波晕散的湖水。

我的花儿也望着我，大胆而自然。在这个超意识、超道德、超人类、超文明的地方，是不存在羞涩和耻辱的。人类在自己的童年，神祇在自己诞生的年月，不需要任何可笑的遮掩，如同我们，此时根本想不到用手去阻挡对方的目光朝自己最隐秘处的纵情流泻。只有一个意念越来越明确：我们应该无私无畏、无恶无邪地进行我们划时代的创世意义上的交媾。

“让我们开始吧！”我说。

好像我们早有默契，好像我们是专程来天神面前获取某种灵感的。而对我的花儿来说，盖世土林的崛起态势逼迫她有了原始生命力的鼓荡，一种如鱼得水的惬意控制了她。她忘记了身后的一切：被文明限定的爱情模式、卓玛意勒和我的关系，以及她作为一个文明女性的洁身自好和女人自比织女的忧伤的也是美丽的传统骄傲。她含笑着朝我点头。于是我们怏怏靠近，拥抱了。

然而，接着我就发现了最大的不幸，我推开了她，惊恐地朝后退去。痛苦撕住了我的神经，狠狠一拽。我悲声大叫，接着又发出一阵更为沉重的绝望的呼喊。我的花儿憎恶而迷惘地望着我，须臾又朝我扑来，又踢又打。我后退着躲闪，猛然扭身朝前跑去。沙尘扬起，顿时隔断了我和女人的联系。我已经不是男人了。

盖世土林，亚当地貌，你是伟大的，也是残忍的，你是宇宙间暴戾形象的变体，在你雄性林立的怀抱里，在那种不可抗拒的悲观主义气息的扫荡下，在你对人类含而不露的蔑视中，轻如尘芥的人类、渺小的人类的雄性已经无法炫耀自己了。人欲寡淡了，人生短暂了，历史消弭了，时间不起作用了，文明黯淡了。而我，我阳痿了。在这片寸草不生的恐怖的土地上，我阳痿了。

我的花儿呢？在我跑开之后，她那如鱼得水的舒畅心境很快被死灭的念头所代替。她疯狂地乱喊乱跑，累了，便跪倒在那些崛起物面前，又哭又笑。之后，便昏然倒地，瞑然睡去了。在我找到她时，黄尘已经埋住了她的半个身子，露出地面的和大漠同色的女人的肌肤，在阳光下闪烁苦涩而莹亮的汗珠，像半截欲拔无力的古人俑流着痛苦的泪，默默向苍天呼唤。

洛桑出现了。我们一夜未归，他就料定我们迷了路。可我们要是回城了呢？他不知要怎样满荒原转悠着寻找呢，因为他想不到我们会欺骗他。我发誓我以后再也不对荒原牧家撒谎了。我望着老人半晌说不出话来。但无言并不能证明我软弱。在我们掘出人类的女人，又背负她一步步挪出天神墓地时，我感到，在这里，在荒原，没有死，就算伟大，就是最崇高的人生的升华。

人类依旧是强有力的，那用三味草药治好了我的阳痿，用一瓶蓝水恢复了我的花儿的青春容颜的知刚佛，不就是比荒原大神更有实际能力的人类的悟道者吗？大荒原，请不要为我忧伤。一个星期后，我和我的花儿又一次踏上了归途。洛桑和卓玛意勒送我们远行，一程又一程，别情依依，恋恋不舍哟！

下篇

历史的孕育——母马精神

第十一章 又来荒原寻访真理

益西拉毛的眼睛在棕色狭长的脸上爆出锃亮锃亮的火花。不知靠了哪位尊神的显灵，这火花竟变得奇彩百端了，像节日天安门广场上用轰鸣发射上天的具有美丽声色和繁异光彩的礼赞。还有，那张嘴，大口喷吐着白色气体。这气体在脸上大放光明，大造声势，大大拯救了母马的声名。

益西拉毛，高歌猛进的壮举和四蹄在大地上的敲打，胜过了最响亮的喧闹声和无数惯于凑热闹的高音喇叭的荟萃，连那宇宙乐神谱就的风驰水涌的交响乐也变成了支离破碎的声声呜咽。它的脚下，作为大地灵魂的绿色，作为生命源泉的精血，在喷薄，在飞升，在跃过时间铸就的障碍。

然而，绿色毕竟一天天消逝着，草原毕竟一天天沙化着，大湖毕竟一天天缩小着，顽强的自然更新将不再繁衍出自己的后代了。我的未来的破陋荒败的环湖草场，我的也要遵循生死规律的益西拉毛，我的一定会变丑变老的卓玛意勒，还有，我自己，我自己的一定不会比我的肉体更为长寿的思考，将会接受我的远悼。

你呢？我的花儿，能来分享我的悲哀吗？悲哀有时也是幸福。然而这幸福毕竟令人战栗，令人疲惫不堪——我不能让益西拉毛停下，益西拉毛也不会让我停下，仍然是四蹄震撼荒原的执着，因为我明白，如果我的益西拉毛真的能够赢得千里马的美誉，那也是我们的青海湖、我们的环湖荒原的骄傲。并且，如果我的朋友仍然要将他的垦荒宏图强行铺向这片冷凉气温下的高原厚土的话，那我就有了理由去……犯罪——用古战场上的呐喊，用吐谷浑的剽悍，用蒙古人的长刀，用益西拉毛的力量，了结他——我的朋友；然后，自我了结；然后，让卓玛意勒的眼泪、青海湖的水浪和大荒原的天露，湿润我和我的朋友的坟头。坟头上，会长出一片簇新的牧草的。我的花儿，你也会来的，毕竟我们共同拥有过，拥有过荒原最晴朗的白天和最深邃的夜晚。

我仿佛已经死了。在狂奔的马背上，我闭上了我的让少女痴迷的明亮的大眼。

“回来!”喊声仿佛来自这古喜马拉雅海底深处,因为我已经死了，就埋在海底幽涧里的绿草下面。我的眼睛猛然睁开了，而且那样大，我又喊了一声，“回来！”

我的益西拉毛自然不会理睬我的喊声。公马跑不下来，情窦初开的年轻母马也无能为力，只有刚刚下过马驹的我的益西拉毛才可以做一匹拯救环湖拯救草原的千里马。可我为什么要那样粗暴严厉，去斩断它寻求孩子的母爱的欲望呢？

益西拉毛是朝着湖边那苍绿底色上的数千匹马跑去的，愈近愈狂，寻找的眼睛也格外灵活地转动起来——滴溜溜，骨碌碌。我仿佛听到瞳孔就要滚向前方的声音了，同时也知道我唯一的选择就是向它妥协，随它而去。

我弯下腰去，动荡的胸脯紧贴益西拉毛健壮而不驯的脖颈。而我凌乱的头发，却被它扇动的耳朵撩拨成了一蓬乱草。它蓦地一声长啸，惊得马群凝然不动了。注目狂颠而来的益西拉毛，马群的眼波汇成了一条闪闪烁烁的流动的河，接着，便是河堤崩溃，流波涌出，一道长壑直直地延伸而去。整个马群开始骚动了——拥挤、碰撞，马头与马头、马身与马身，莫名其妙、昏头昏脑地在湖边草地上搅起无数漩涡。

益西拉毛，以它母性的疯狂，直冲湖边，然后一个急速旋转，原路返回，在马群的中央逡巡片刻，又朝那搅动的漩涡扑去。势不可当的我们的益西拉毛，竟使这几千匹健壮的环湖马变得惶恐无主了。骇然的嘶声震颤了天上的云翳、地下的湖水。平地起风，而且是环湖粗豪的劲风，仿佛是千匹马的千声鼻息造成的滚滚气浪。马群动荡了，骤起的雄壮的蹄声，天崩地裂地震动着，撕开了前方滩头浑厚的草山。马群朝草山豁口涌去。而我的耳朵，却被震动得听不到一切了。

益西拉毛此刻有了出人意料的智慧，在马群的前峰冲进豁口时，它急转返回，去迎接那些遗落在后面的憨头憨脑的马驹。掀动的激情使它没有发现身后追踪而来的两条黑牛犊似的凶猛的牧狗，它一个劲儿地向数百匹马驹发出阵阵母亲深情的呼唤。

我的马背上的懵懂竟使我忘了，我应该赶快策马离开这里。我发现，在益西拉毛消逝了母亲的呼唤之后，代之而起的竟是我的声音，虽然不似益西拉毛那样洪亮悠长，却很像，很像深情的马语。益西拉毛奇迹般地让我笨拙的口舌学会了另一种语言，这语言只用音调的抑扬顿挫，便可包容一切关于生活的感人说教。

耳畔依旧是马群声荡云际的奔腾。背对着草山豁口，益西拉毛从我将鞭子高高举起的动作中明白了自己对时间的耽误。它开始朝前奔跑，瞪着两条狂吠而来的牧狗，格外机敏地用后蹄蹬起阵阵土浪。

"滚开！"我回头大喊一声。

可这是环湖的牧狗，斜睨一切呵斥、一切来自陌生者的威胁，只知道为保卫畜群逞凶。我的喊声反而使它们更加暴怒起来。两道黑色闪电，划过了我们和它们之间的那段距离。吠声顿逝，两条狗一左一右，朝我的双腿扑来。精灵般的益西拉毛突然停住，身体死命后蹴着，止住了奔驰的惯性，让两条牧狗倏地闪过了我们身边。而这时，益西拉毛却突然绕开两双狰狞的血红的狗眼，朝前疾驰而去。

马背上的我，经受着益西拉毛给我的前颠后踬，竟没有摔下来。谢谢了，爱我教我的环湖荒原——我已经是一个真正的骑手了，而且是青海湖畔古风犹在的勇武的骑手。我骄傲，我要唱。如果不是益西拉毛的突然转身，我一定会放肆地高叫一声："低低的草，我的马儿高……"

是益西拉毛母性的迷惘，当两条牧狗再次撵过来时，它坠入了幻景，迎着它们跑去，鲜亮的马奶又一次簌簌滴落。牧狗诧异了，但这只是瞬间的犹豫。益西拉毛激动地朝孩子扑去的架势，使它们误以为是死搏的挑战。右边的牧狗，那条狗中张飞，直撞马身。益西拉毛顿然惊悟，前蹄腾了起来，但马腿上部已经出现了一块巴掌大的渗血的伤痕。

“快跑！”我大声命令，不知所措地将马鞭狠劲一抡。

马鞭脱手了，在空中划过一道弧线。两条牧狗身体后倾，猛地扬起硕大的狗头。在马鞭坠落的一刹那，朝上扑去。益西拉毛毅然扭转了身子，后蹄豪迈地腾空了。牧狗，人类的朋友，难道，你们的主人只教会了你们如何去恨吗？难道，你们以为粗暴的干涉会证明你们的威武吗？那条狗中张飞，我要替它惋惜了。就在它眼睛朝上、扑空叼住马鞭的同时，益西拉毛的后蹄准确地踢在了它的大嘴下面。它尖利地叫了一声，身子朝后仰去，重重地摔在了草地上。另一条狗狂吠着追过来，但已经追不上了。

我们开路，以胜利者的自豪，驰向前方。

我是一个寂寞和苦难撵不走的荒原流浪汉。我又来了。大荒原，请不要为我忧伤。

依旧是混沌一片，依旧是忧伤的格调，依旧是无边的沉寂。滞涩而厚重的黑色的大气之下，我们依旧可以找到关于太阳系起源的原始根据——“混沌”概念的形成，真是一个符合直观印象的绝妙创造。不同的是，这里是东方赫拉克勒斯的用武之地：盘古于冥冥之中，挥舞神斧，劈开混沌，轻清之气冉冉上升，重浊之物沉沉下坠，天地开始了漫长的分化岁月。

我们是这大分化时期抢先出土的生物。我们最大的优点便是没有思想，性格却酷似荒原：一半是野兽，一半是天使。我们来了，公然夺去了环湖荒原的贞操。于是，荒原斜挂前方的天帷不得不洞开一扇扇窗户，架起蔚蓝色的喇叭，提前为我们吹奏葬礼哀曲。荒原对我们的抵触已经由猛兽的威胁变成神祇们的抗议了。

但是，只要不让我们即刻死去，我们就不会主动撤离。人类正是从暴殄自然中获得满足的。我们的固执是野兽的、天神的，更是人类的。而对我来说，不仅仅是出于固执。在我对都市生活产生困惑和无奈之后，我殷切希望，在大荒原，那一片温柔之乡还会向我招手，那一个黑色甜梦还在等待着我，那一块深厚肥沃的阴湿地还要我去做它的主宰。

那天，考察队的帐房在湖畔刚刚升起，我便向队长请假，告别了我们的营盘。

那条看不见的对我却坦若街衢的荒原小路，在一丛丛花草间游窜。烂开的野牡丹花像是那张散发着蛮香异芬的脸的无数显影。卓玛意勒，我又来了。还记得在腥膻的帐房里，你狡黠的目光，你开怀的笑声。你率真得像一只羊羔羔，冷了、饿了，憨头憨脑地朝人怀里钻。还有那个荒原柽柳鞭扫黑星的暗夜，那声古情歌悠长而颤抖的尾调……

五年过去了，你大概忘怀了——一切关于我的事，对你也许不过是一个梦。而你夜夜有梦，那么多：在湖水中捞到一个湿漉漉的憧憬，又去草窝窝里拾起一个绿茸茸的企盼。可我呢？我来荒原，难道仅仅是为了这次毫无价值的科学考察？

天擦黑时，我来到贡嘎草场。还是那顶黑色的帐房，还是那几样粗陋的摆设，她还是用那个有缺口的龙碗给我端来了奶茶。一切物什依旧，看不出岁月流逝的痕迹，因为陈旧得让人感到岁月已经流逝尽了。帐房里面空荡荡的。

“洛桑老人呢？”

“去湖边了。”

“嗯……”我眼瞅着有些异样的毡铺，敏感而悲哀地发现，她已经有丈夫了。

我小心翼翼地问：“他呢？”

“你问白华尔旦吗？他也去湖边了。牧家的男人们都去了。”

假如没有夜的黑幕，假如不是豪风吹落灯花，我一定会在她脸上搜寻到忧伤的利爪抓破的斑痕。她变了，成熟了，也冷漠和多虑了，甚至连我企盼中的那种初见时的惊喜也不存在了。

“有吃的吗？”

“啊！”她这才觉得已经怠慢了我，手忙脚乱地忙活起来。

久违了，老朋友——勾起我温醇记忆的杨木箱子，糌粑，仅仅是糌粑。

“有肉吗？生的也行。”

她歉疚摇头。这太让我扫兴了，我抬眼四顾，荒原在暗夜中，暗夜在愁思里。又一阵豪风冲撞而来了，四野喧哗。无声无息而又闪烁不定的，是卓玛意勒又一次点亮的酥油灯。她困了，不住地揉揉眼，看我在默默进食，便去一边拉扯被褥。

“住下吗？”她问。

“不了。”男人的激情多一半来自女人的热量，她被时间冰镇过了，我也只好冷却。

“还是住下吧。”她说。

对这凄婉的请求，我好费解，干吗不撒娇使野呢？失去了荒原女强人求爱的风格，那还是你吗？还有我的明晰而回味甘长的思念吗？哪怕仅仅为了搞清她为什么会有这种异乎寻常的举动，我也应该答应她。

后半夜，她丈夫白华尔旦风尘仆仆地归来了。大概他已看到湖畔考察队的营盘，对我的猝然而至并没有露出惊奇的表示，和躺在被窝里的我说着话，胡乱填饱了肚子。但从他不时发出的叹息声中，我发现，他是懒得和我表示亲热。我顿时想到，我应该把卓玛意勒让给他。

我掀掉被子，坐起："你来睡吧，我这就回去。"

他连忙摇头："你睡你睡。我马上就得走。"

他不要女人，他似乎只要叹息就够了。

"你回来做啥？"不知为什么，直到这时，卓玛意勒才问丈夫。

"羊不够，阿爸叫我回来赶几只过去。"

"还不够？"她倏地坐起，"全剩母羊了，生不下羊羔，明年咋办？"

"明年再说明年的话。"

她以女人的固执说："不行。"

"阿爸说了。"

"阿爸说了也不行。"

白华尔旦长叹一声，他的叹息好像已经成了习惯，像自然界某些生物出于本能的声带震颤。这使卓玛意勒一下子泄了气。她穿好衣服，亲自去羊圈挑选了五只最大的母羊，让丈夫赶走了。甜梦被伤感搅扰，我已经没有了待在她身边的兴致，我也该走了。

她送我出门："今晚上还来吗？"

我看她脸上布满了期待，便道："来，要是以后你不再哭丧着脸，我就和你们住在一起。”

她突然显得异常高兴，让我又一次听到了那熟悉的野味的笑声。

我也笑了。不管怎么说，忧郁的羊羔羔总还是要往人怀里撞的，而且会显出一种无声的静美的缠绵来，任你抚摸。而她也抚摸你，那双让人身心酥痒的手哟，会让你感觉到有泰戈尔《情人的礼物》雕镂在指尖和手掌中。我用劲健的肌肤去读它，失去了我的花儿之后，我就应该肆力去读它。

我的花儿，你不嫉妒吗，感谢你了。如果不是为了对你的报复，我怎么会享受到这种由触摸和灵肉的搏斗带来的心旷神怡呢？夜里的事情谁也说不清，黑色的神秘，黑色的愉悦，黑色的紧张，黑色的魅力。但只有做过夜里的事情的人，才会有说不清的感觉。而你，对我这个真正的男子汉，只会用想象规范出一种爱的模式。我的花儿,愿你永远想象,永远在想象中从我这里获得老一套的幸福。是的，你一定在想我，尽管你已经有了自己的丈夫。

来到环湖的铅色的黎明，在迷蒙苍茫中，被浓雾裹缠着，诞生了一个太阳，又一个太阳。如同对荒原自然景观的习以为常，我们那些考察队员们，没有谁对我去洛桑家居住感到诧异，都是老草原了,在他们抛洒过青春的祁连草原、河曲草原,以及遥远的玛多草原、曲麻莱草原，难说没有过和我一样的艳遇。只是，我比他们更加心安理得——我是一个无所顾忌的单身汉。

一连四天，除了和考察队一起进行野外活动外，我几乎全待在洛桑措木家里，几乎和卓玛意勒寸步不离。白华尔旦把羊送到后就回来了。第二天，洛桑老人拖着疲惫的身子，被一阵狂风卷进了他的家。他去筹备一次祭海活动。祭祀的羊只都已经圈在青海湖边了，只等吉日到来。

老人不理我。我知道这是为什么，解释是无用的，别怪我，洛桑，不是我要来考察的。再说，在环湖荒原大面积垦荒、建立粮油基地的设想，也许只是一个童话。童话，多美，可世界上所有的童话一旦变成现实，都将是丑恶的。

好在，这顶帐房仍然会赐给我需要的一切，女人的温馨、和睦的气氛、香甜的饭食，还有和白华尔旦与日俱增的友谊。我比任何时候都更加明确地意识到，只要我不妒忌他，他永远想不到一个女人只应该属于一个男人。

而卓玛意勒似乎成了真正的荒原的宠女，她拥有一个本族丈夫和一个汉族情人，也拥有了自豪和光荣。我和白华尔旦是平等的，至少，在她眼里是这样。因为我和他同样具备了强健的体魄和粗蛮的性格，只在我们的夜生活最温情最缠绵的时候，在最细微最隐秘的举动中，显示出我的教养和知识来。可这丝毫不能增强我的优越感，反而更糟。卓玛意勒像荒火一样不熄不灭，过多的抚摸和亲昵以及唠叨不止的甜言蜜语反而会使她以为你在装模作样，是个没有血气的无能之辈。

我的可怜的教养，我的可怜的知识分子、斯文者的愚蠢的意念——不仅身身相碰而且心心相印的想法，竟变成讨厌的繁文缛节了。可我不服。

那天黄昏，我随他来到帐房外面，一起伫立在草地上，对着落日和彩霞小解。

完了，冷不丁我对他说："你想学摔跤吗？"虽然我只在上中学时跟体育老师学过两三招，但用来教他是够用的了。

“学摔跤？”他大为惊诧，他认为这玩意儿他生来就会。

“我教你。”我挑衅地拉了一下他的肩膀。

“你要比赛啊？”他高兴了。

荒原人总想卖弄自己的体力，加上无知比有知更容易使人自信的原理，他毫不迟疑地将我拦腰掬住了，“嘿”的一声抱起，又轻轻放下，得胜似的憨笑着。

“这算什么！”我大笑，“你没有办法将我摔倒。”说罢，我忽地蹲下，一手握住他的手腕，一手扳住他的腿，腰一旋，双腿猛地一蹬，把他扛了起来。“怎么样？认输了吧？要不要我把你撂到地上？”

“不是这样，摔跤不是这样。”他急得乱嚷。

“好吧，你说咋摔。”我放下他。

他马上笑了，这是由于他发现我甚至不知道摔跤是怎么回事。

“来，你抓住这儿。”他开始教我了，抖抖他的肩膀。

我从命，带着轻蔑的微笑，在心里骂了一句：“笨蛋！”

他也动手了，撕住我的衣肩，拼命往后推，我明白，如果我也像他这样，我万万不可能推他后退半步，最后倒地的肯定是我。我使劲顶住，待他再攒力气要推时，突然朝后躺去，脚迅速钩向他的裆部，一个庞大而沉重的身躯便从我上面飞了过去。他扑倒在地，脸埋进草丛，啃了一嘴泥土和草叶。

我翻身跳起，哈哈大笑。这叫“兔子蹬阴”，最一般的一招。

他挣扎着爬起，用袖子擦着嘴：“错了，错了，是这样。”

他又要教我了。我摆手：“算了，我赢了。”

他不依，硬要让我听他的摆布。“是这样……”他说着伸过胳膊来，看我挡开了他的手，又说，“我还是让你先扽住。”说着又朝我挺了挺身子。

我再次声明：“我已经赢了。”

“那不算，应该这样……”他急得胡乱比画起来。

我只好再次揪住他的衣肩，告诉他：“老实说，你有你的蛮力气，我有我的巧劲儿，用你的办法，我准输，要由着我摔呀……哼！”

他听明白了：“那……我教你，你也教我。”

我笑了，摇着头放开他，扭身要走。

他跨前一步挡住：“来呀，我不会摔伤你的。”

他已经肯定要赢我了，就是说，我不愿再次较量的本身已说明了我的无能。我恶狠狠瞪他一眼，倏地扑了过去。真是个相信别人如同相信自己的憨傻之人，他又一次上了我假装倒地的当，摔得比前一次还要重：嘴啃地皮，牙碰出了血，眼皮也被草枝划破了。

非常适时，卓玛意勒和洛桑出现了。她看着他的狼狈相，“咯咯”大笑。我也笑了。费力爬起的白华尔旦顾不得揩脸，也傻模傻样地笑起来。

这一刻，我们个个像顽童稚子，个个都尽情发出了笑声，笑得浑身肉颤。我终于看到了洛桑老人残存在我记忆中的那张美好面孔，刚毅却不失慈爱，高傲却不无诚恳。为什么老人会对我们的嬉闹表示赞赏呢？难道他也希望一个外族男子在力量上胜过他的女婿？如果是这样，洛桑无疑给了我这样一个信号：他切盼我能带给他那种全世界的老年人都想得到的喜悦。因为时间已经证明，白华尔旦在这方面是不行的，他一直没有在卓玛意勒身上留下自己的种子。但我担心，真正不行的却是卓玛意勒，尽管我还拿不出任何科学根据来证实这一点。

我变得心思沉沉了，我记起了昨天，在咩咩觅食的羊群旁，卓玛意勒告诉我的她的家世——在洛桑措木二十岁那年，他父亲和哥哥谢世了，包虫病的魔影从父亲和哥哥坚硬的躯壳中逼走了灵魂。天葬之后，洛桑便和他的嫂子结婚了。生命有了延续，那便是风姿绰约的荒原宠女卓玛意勒。但就在卓玛意勒出生的这天，母亲死了。洛桑后来说，是卓玛意勒的出生杀死了她的母亲，这是多大的罪孽啊，卓玛意勒一生都得虔诚地念经拜佛，不然会遭到报应的。

“你认为真的是你的出生杀死了你母亲，你真的会遭到报应？”

“是啊，是啊，阿妈是草原上最漂亮的女人，阿爸喜欢阿妈就说我杀死了阿妈。阿爸说了，如果我是一个男人，我也一定会喜欢上阿妈这样的女人。”

“你觉得你会吗？”

“不知道。”

“如果你是一个男人，你会允许你美丽的妻子再去爱别人吗？”

“不知道。”

她总是不知道。可又有什么必要知道呢？既然一切都是正常的，一切都来自传统，一切都已经融会在了荒原悠久的历史中和荒原人滚沸的血液里。希腊，那个奥狄蒲斯杀父娶亲的神话，那个埃勒克特拉撺掇其兄为父报仇而杀其母的传说，让人强烈感受到，为了爱的嫉恨和仇杀是非常悠远的。它属于神灵，更属于人类。可是，在环湖，在这片亘古永恒的荒原，我仿佛置身在历史的开端。这比神话年代还要遥远的开端哟！在它的意念中，似乎不存在为了爱的仇杀。它所具有的只是人类童心刚刚萌发时的故事，是温情而淳朴的我们的先人最富有幽默感的举动。

然而，我毕竟来自荒原那边一个五彩纷呈的世界，肩扛着沉重的现实负荷，我恍然觉得仇杀是高尚的，而没有仇杀的爱便意味着丑恶和罪孽。是的，无论怎样勉励自己超然物外、返璞归真，我都无法去平心静气地赞美卓玛意勒那悠久而古朴的家世。我开始诅咒我自己，我自己的麻木；开始诅咒卓玛意勒和她那平分秋色的爱。洛桑老人，你为什么要这样大度地宽容我和卓玛意勒毫无结果的爱情呢？卓玛意勒的缺陷使她永远无法给你带来羊羔一样可爱的婴儿的啼哭。

“她应该去省城一趟，去治病。”考虑了整整两天后，我对老人和白华尔旦说。

“她有病？”白华尔旦吃惊道。

我点头：“我可以让我的花儿——那姑娘你认识，”我转向老人，“照顾好你的女儿。”

白华尔旦也征询地望望阿爸。老人不语，这就是反对。我长叹一声，起身离开了他们，但即刻又进来。我还有一事相求，我的朋友捎话来了，要考察队的王队长在环湖为他所在的那个机关购买七八十只菜羊。王队长对我说：“你有熟人，这事就交给你了。”我勉强应诺：“我去和洛桑商量。”是的，这事只能商量着办，尽管照白华尔旦的话说，我已是洛桑家的人了，自然也是洛桑所领导的生产队的人。

果然，洛桑大摇其头。把羊卖出去，这是牧家的耻辱。即使看在我的面子上，他也不敢这样大胆地违拗神佛的意志——牲畜是神佛恩赐给牧人们的饭碗和财富，怎么可以换成世俗的金钱呢？再说，所有牲畜都是集体的。

“这样吧。”他把我叫出帐外，背着卓玛意勒和白华尔旦神秘地叮嘱，“你赶走二十只羊，可千万不要说是我洛桑送的。”

“凭什么要白送？”

洛桑说:“我们生产队的羊有你的一份,就等于你把你的赶走了。”

这我就更不能答应了。洛桑要送羊，可又不敢在神灵面前承担让羊群无故减损的责任。而我，有什么资格把牧人财富的一部分划归到自己名下呢?

“我看算了。”

“不能算，就是你们不开口，我也得给你们肉吃。”

“我说了，不是我们要，是别人。”

“一样，反正都是你的朋友。”

“不一样，他们是在和你做买卖，不情愿就拉倒。至于我们，想吃肉时会伸巴掌朝你要。”

洛桑被我说动了。我扮出一副笑模样来，心里却暗自叹息。

荒原的牧家似乎比别处的游牧民更具备古老经营方式的遗风，年年拼命干活，恨不得让羊群像湖浪那样满荒原翻滚，到了寒流以拉锯形式往复回荡的春天，却眼看着这些宝物一堆堆死去。终于，等来了牧草返青的日子，那些侥幸活下来的牲畜扑向鹅黄的牧地，多少带给牧人们一些欣慰。不管死多少，全生产队牛羊的存栏数总不会低于一个天经地义的标准。可草场呢？头些年是面积减少，后几年便开始一片一片地退化。羊群太多了，采食过度了，草场失去了喘息的机会，牧草的更新能力减弱了，土壤沙化了，牲畜也就死得更多了。而牧人们似乎从来想不到，年年都应该将一部分牲畜卖出去,以此缓和草畜矛盾。更想不到,他们喂养的牲畜不是固定财产,而是商品畜。他们能想到的仅仅是牛羊即使死在草原上，也比卖出去好。钱算什么？有钱没钱一个样，老几辈都是这样过来的。如此，牲畜越多生活就越见贫困。

然而，我还是要站在洛桑老人的立场上，向队长陈述无法成交的理由。至于队长如何回绝我的朋友，就不是我所关心的事情了。

可我没想到，三天后，洛桑老人会带着白华尔旦和另外几个小伙子，将整整八十只肥羊赶到了我们的营盘前。老人说，仅仅为了我在考察队的声誉，他也不应该让我为难。况且，羊是以生产队集体的名义奉送的，哪个个人包括生产队长洛桑都不会承担责任。牧人惜羊，但也不至于一毛不拔。再说，羊要是送给了苦难人，神佛也会高兴的。

我心想我为难什么了,他们吃不上肉,关我屁事。我有点儿恼了:“赶回去！快赶回去！他们算什么苦难人。”

“你不要这样，不要给我们丢脸。”洛桑说道。

王队长来了，表示谢忱，又说：“羊我们收下，钱你们拿去。”

洛桑解释道：“要那些花纸票票糊碗橱吗？还得花一天工夫买一瓶糯子来。”

“可是，总不能白拿，我们有三大纪律八项注意……”

“你就是十大纪律我们也不要，给了票子我们没地方去花呀。”

队长还在交涉，而我却怏怏朝一边躲去。诗人们，还有我们这些不伦不类的人们，在喊破嗓门赞美欣赏环湖的深远和广袤，可牧人们却永远被开阔所奴役。一斤盐巴也要去一个遥远的地方购买，骑马从日出到日落，往返几十公里。他们习惯了不花钱，他们能不习惯？可即使真的要把钞票当花纸，这钱也应该要啊！因为他们不值得你们大方，你们所慷慨奉送的对象却是竭力想刈戮绿色植被也刈戮你们的人。

洛桑带着人走了。我又来到队长面前，从他手里抢过那一沓洛桑始终没有接受的钞票，塞到了自己口袋里。

我说："洛桑不要我要，反正不能便宜了他们。白白送去，他们还以为牧人的生活一天比一天好了呢。"

队长笑了："也好，钱你拿着，瞅个机会偷偷塞到洛桑衣袋里。"

我"哼"了一声，表示塞也没用。

但后来我还是按照队长的主意办了。没想到，洛桑发现了钱后说："既然这样，那我就把钱献给佛爷了。听说，知刚活佛准备重建密宗院呢。"我虽然不同意却又无法阻拦，眼看着老人带着钱骑马拜见佛爷去了。

洛桑三天未归。我不安地问白华尔旦："是不是迷路了？"

他摇头，接着又诡谲地说："一定是阿爸见过佛爷后又去会情人了。"

"情人？洛桑会有情人？都这把年纪了。"

白华尔旦哈哈大笑，告诉我，荒原的男人只要有心跳就会有相好的女人。

我也开心了，问他："你见过洛桑的情人？"

"藏在一个鬼不去神不到的地方，见不着啊。"

"你没见过？那你就是瞎猜。"

"不是瞎猜，我不是瞎猜。"他正儿八经地辩白起来。

第十二章 安魂曲

我们在失败的道路上奔驰。

从荒凉中跑来，又向干旱跑去——新的沙化地带在云雾中窥伺了一会儿，便像风，像光，像魔女透明的声音那样来到了我们脚下。在这里，荒原流了许多血，流干了，最后流出了骨髓，流出了浑身的所有水分。干了，干干的原上一棵草，只有一棵草，点缀了我们眼前的死灭。这该死的一棵草，没有它，我也许不至于想到我们的面孔已经像沙漠一样颓败、懊丧、苦寂了。心已不再年轻，眼睛也就浑浊了，迷惘了，昏花了，该是闭上的时候了。好像这还不够，还不能做到无脸回江东、汗颜于人世，双颊泛起一层厚实的褐色硬壳，像是害羞的红晕涂抹了一万次，一次比一次浓重，以至于板结了，龟裂了。

是的，我，那些和我一样来环湖抛洒热血的人们，在燠热的漠风中，在赤日曝晒的晴空下，个个像耶稣，但只是受难时的耶稣：哭丧着脸，一副痛苦难咽的模样，愠悒悲怜俱全。他们被幸福和奋斗解雇了。他们根本不配得到真正的爱护，只配奉献，盲目地毫无结果地把爱奉献给其实并不需要这爱的荒凉。可是，那该死的一棵草却如此激动地朝我扑来，似乎在对我说："还认识我吧？那年你来时，我就已经在这里了。"

啊，荒原，每一棵草、每一点绿影都是人类良知和自然意志的象征。益西拉毛，为良知而奔驰的益西拉毛。

洛桑措木终于对我失望了。他把这种情绪用神态毫无遮拦地传染给了自己的女儿，而卓玛意勒却只会用大声的诘责表示她对我的失望和愠怒。她的意思是说，我和白华尔旦一样不算真正的男人，不配做荒原万物之灵长的雄种。

我冷笑："不配雄种的是你自己，我早就说了，你应该去治病。"

她一脸不快。但她是质朴的荒原女，她并没有想到，她可以把我的话当作对她的侮辱，只是不相信自己有病罢了。

我说，那天，我在湖边遇到了一只六角水兽，是它告诉我要她去治病的。她惊怵得"呀呀"直叫，一会儿又变得懊恼烦躁。这烦躁的结果使她拎起了马鞭，直扑草地上踱步的那匹丑陋的母马。

益西拉毛，这名字和旺盛的繁衍能力连在一起，它几乎是洛桑家所有自留马的母亲。大概这就是卓玛意勒粗暴地鞭虐它的原因了。忠实的益西拉毛，明白自己劣马的地位，也明白自己无休止地孕育小马驹本身就是对不孕的主人的挑战，它并不跑开。直到鞭声稀落，她感到发泄得疲累了的时候，它才带着一身灼烫的疼痛和对未来不幸的种种猜测，缓缓离去。

可是我呀，我当时对这匹母马竟没有一点儿恻隐之心，甚至欣赏地琢磨着这种人对畜生的嫉妒和灵物对蠢物的恣意妄为：大概是由于在那个遥远的年代他们有过和猛兽一样的武壮生涯，很容易萌发那种令人瞠目的精神返祖现象吧。看来，我必须再跟洛桑说说，大不了，他也会像卓玛意勒对待益西拉毛那样，让我的皮肉迎受马鞭的狂舞。而我，在荒原，宁愿做一匹强壮而剽悍的马，也不希望是一个窝窝囊囊的人。

“我知道你不听，但我还是要说，科学总是科学……”

洛桑措木毅然打断我的话：“该走了，你也去吗？”

“什么？你同意了？”

“同意什么？”

“让卓玛意勒去治病哪！”我直瞅那张苍老而不失英武的脸。

他沉吟着，好一会儿才道：“该去湖边祭海了。”

“那么，祭海以后呢？别再犹豫了。”

洛桑老人没有犹豫，快快离开我，去招呼女儿女婿打点上路的行装。我看到，忍辱负重的益西拉毛又一次随主人们上路了。它身上驮满了祭品，吃力地迈步，而骑着那匹栗色公马的白华尔旦，还要时不时将鞭梢甩向它的屁股。它不声不响地走着，四蹄稳稳地踏向大地，目光一次次扫向无尽的前方，扫向它的主人，扫向它的儿女们。

它的儿女们欢快地跑动着。它们不理它了，吃够了它的奶水之后，便不再亲近它、需要它了。它们离它远远的，越来越远了。它们的身边，是怜爱地骑着那头牦牛的洛桑措木。

被一种就要爆炸的情绪催促着，祭海就要开始了。能映见人心的湖面上，赎罪的仁慈之花朵朵相连，安魂曲飘来飘去，由于无声，由于不是从琴管里发出，便有了一种更为深沉的冲浪般汹涌的乐潮。

白华尔旦一步跨进羊圈，双眼一闪，便恶狼般朝一只大羊扑去。羊忽地一蹿，那后腿恰好被他攥住。它"咩"了一声，再要跃起时，白华尔旦身子朝后一仰，一扭腰，便将羊提起来，摔向了圈门。然后，他两手提着两条后腿，像推架子车那样，在羊前腿的不住刨动下，推到帐前，再腾出一只手，撕住腹下的白毛，忽地拽起，让羊翻躺在地上。羊哀号着来不及翻身，白华尔旦的右腿已跪在了它身上。

这时，卓玛意勒赶紧将剪子递上。他接住，孟浪地冲羊肚皮上的毛斜斜地插过去。

一溜儿白花花的羊毛顿时离开了羊体，白华尔旦圆睁的眼睛稍稍柔顺了些。等羊体右边的毛全部翻开，伴随剪刀的移动而颤抖时，他微微吐口气，然后欠腰将已不打算挣扎了的羊翻转过来，又将剪刀插向羊腹的毛中。只消两三分钟，他面前便出现了一堆雪白的羊毛。他站起来，朝还没有意识到应该逃走的羊踢了一脚，眼睛却扫向圈门，寻觅另一只大羊。

不一会儿，草地上便出现了一座覆雪的山峰。而可怜的羊们，脱下了自己的一身绒装，却不知道应该让人感谢它的馈赠，只顾凄婉地叫着，逃命去了。

稍候，三四十位个个体魄强健、武壮凶猛的汉子也将自己赶到这里的羊全部剥去了衣装。只是由于他们不服气白华尔旦做首剪羊绒的人，带着一股怨气，让那些羊多发出了几声痛苦的惨叫。这是讲究，首剪羊绒的人必须是祭祀之后抢宴的组织者，而这不仅意味着指定首剪人的洛桑措木的抬举，更主要的是他将先于别人吞进一块作为祭祀供品的肉。如果老天降祸于荒原，首先免灾的将是他白华尔旦一家。老洛桑也太偏心了。

剪下的羊毛一部分是用来衬托祭品的，一部分是要焚烧的。一根羊毛代表一只羊，一堆羊毛等于多少只羊？可见其祭礼的丰厚了。但这种自欺欺神的办法从环湖牧人的祭祀史中无从查考，而青海湖东部的农家则有着以米粒代替馒头以享祖先的传统。这大概就是一种无意识渗透吧，如同荒原古风日益熏陶着我对女性的看法。

这时，用来衬托祭品的羊毛已由卓玛意勒和另外几个妇女铺就，早已屠宰好的两头牛、四只羊也在洛桑老人的指挥下，由白华尔旦和几个汉子从一顶白布帐房中抬出。我呢？插不上手，人家也不让我插手，权充了来庆贺祭祀的客人，被人让在露天的铺地毡上，盘腿而坐，一口接一口地灌奶茶。

牺牲献上了，柏枝堆起了，香烛插稳了，酥油灯放好了。所有的牧人都站到洛桑身后，等到羊毛、香烛、柏枝和油灯烧着，便开始全身扑地，磕那人世间最为虔敬的头。被请来主持祭海的知刚活佛端坐在一块绣着吉祥八宝的卡垫上，将手中缠有佛经的法轮从右至左缓缓转动，每转一周，象征念了一遍祈神福泽荒原、体恤百姓的经卷。

我漠然呆视着，要不是卓玛意勒回眸瞪我一眼，我一定会傻坐着再灌一壶奶茶。我赶紧过去，跪在牧人们身后，颤悠悠慢腾腾磕了几个头。

磕头之后，人们便起身，将羊圈里的所有活羊连拖带撵，驱进了水中。可怜这些活物，受了荒原人的抬举，却还不知道应该快快入海，死命地往岸上挣扎，而人们又死命地朝里赶，实在赶不进的，便由两个人抬起，打着秋千，荡入深水之中。

等所有的羊都进了水，白华尔旦过去，提刀从熟食祭品上割下一块牛肉、一块羊肉，双手捧到知刚活佛面前。活佛接了，象征性地吃了一口。而别的人，随着白华尔旦的一声长吆，如狼似虎地扑向了祭品。谁抢得多就吃得多，吃的祭肉越多，海神赐福、祛除灾难的系数就越大。

我冷静地坐着，突然，怀中落来一块肉，接着又扔来一把刀。这算是白华尔旦对我的特殊照顾了。我感激地冲他点点头。但我没有吃，我吃得下吗？草场一天天衰败了，大湖一天天缩小了，沙漠一天天多起来了，而牧人们身为荒原的子孙却不知道或无需知道真正的原因，还以为只要祭祀了海神，草场就会绿起来，大湖就会变得更大，沙漠也会很快离开环湖。这样的懵懂，连被祭的海神也要诧异了。

神是人封的，唐玄宗天宝年间，唐廷曾封青海湖神为“广润王”，遣使礼祭。宋仁宗康定二年（庆历元年，1040 年），又加封为“通圣广润王”。到了清朝，它被封为“青海灵显大渎之尊神”。光绪年间，又在环湖修建了海神庙，立碑一座，上刻“灵显青海之神”。我心想，把历史上所有造神运动所产生的能量加起来，翻新整个地球也还是绰绰有余的。

可是，草场和湖水仍然在一天天缩小，沙漠仍然在一天天扩大，祭神的举动似乎表明，人把自己败坏后所产生的恶果，轻而易举地推卸给了神，让神去承担责任，因为在承担责任方面，任何一个小神都比一个庞大的人群更有能耐。当人们面对灾难而又无能为力时，便求助于神的恩赐，不然他们是舍不得牺牲一根羊毛的。神恩赐了吗？神到底有没有呢？有的，有的，坏人横行好人无奈是造神、拜神的根源，如此而已，简单极了。遗憾的是，越是简单的道理就越不想接受，人啊，就是这样。

好在我无需再和他们一起锤炼对神灵膜拜的意志了。我们将去环湖西部那传说有魔鬼群聚的地方开辟新的考察点。而洛桑他们也要离开这里，去三十公里外的秋窝子，在那里待到冬天，然后再搬入牧民定居点，度过冬天里最寒冷的日子。

我和卓玛意勒又要分手了。这苦涩而伤感的别离，一下子勾起了我对往事的回顾。一个人的一生要经过多少别离的痛苦呢？我和卓玛意勒只能算是小别轻离，而和我的花儿却是精神上的彻底分袂。怪谁呢？

我们从荒原回城了，竟没有一个人过问一下我们的性信息素试验。来自领导和同事的关心却是无休无止、拐弯抹角地打探我们在荒原是怎样度过的。也就是说，一个未婚女子和一个未婚男子在那种地方谁知道搞的是什么试验。性引诱？性迷向？邪门了。荒原不就是个紊乱了性生活的场地吗？

好在掌权的那一派中有我的朋友，他对这件事表示宽容，我们预想中的组织处理迟迟未能到来。但在社会、在舆论面前，个人毕竟是软弱的。我的花儿坚强地用沉默蔑视着那些已经流传开去的关于我和她的“故事新编”，却又同意了我的朋友要把她和我调离开的好心安排。她离开了草原工作站，到畜牧厅机关我的朋友身边上班去了。

从那时起，她就变了，不再期望向绿色叩求福音了。可愚蠢的我并没有发现她心灵深处的感情裂变，还时不时地去看望她，最后一次竟是被她从她的宿舍里赶出来的，那耻辱，我终生难忘。

我说："我们干脆结婚吧。"

她显得很吃惊，似乎面对她提出这个问题的是一个完全陌生的下流坯子："你好像神经不正常。"

"怎么啦？"

"结婚？就跟你结婚？"

"那有什么不可以的？"

"我已经答应别人了。"她淡淡的语气让人觉得她只不过是把一件东西转让给了别人。

"那怎么行？"

"怎么不行？"

我突然意识到她说的是实话，傻愣片刻后厉声道："谁？"

"你应该知道。"

"我不知道！"

"那你就太笨了。"

我说不出话来，颤动着嘴唇，攥紧了拳头。

她冷静地望着我："你没有这个权力。"

"有，我早就有了揍你的权力。你忘了，在雪原，在盖世土林……"

她突然跳过去，拉开门："你滚！这是我的房间，滚！"

我从来没见过她那种脸色苍白的愠怒表情，也不知是出于害怕还是出于怜悯，竟听话地退了出去。门"砰"地关上了。我好悔，当初为什么要错过那么多机会呢？对她这种薄情忘义的人，我早就应该让她失去纯洁，也让她失去被另一个男人钟爱的条件。我开始恨她了，尽管我明白，这也正是她所期望的。但她的目的是想让我抱定彻底和她断绝关系的决心，然后在记忆中干干净净地抹掉她。这怎么可能呢？

太阳滚下了都市，紧接着月亮便跳出了地面。这一对为人世间所瞩目和赞颂的情人，永远只会在某条河的两岸遥遥相望，拘谨而平静地行着瞩目礼。而我，却是这种传统的最佳爱情模式——这种古老的太阳崇拜和东方礼教相融合之后，数千年时间中的一个名副其实的叛逆者。

我的花儿对我的侮辱掀动了我的灵感，我由此想到，我可以做一个宇宙大盗，藏到太阳妻子的身后，神鬼不觉地扒去她那黑色的紧身弹力裤，去天河南岸那座阿尼玛卿雪山式的峰巅，高举黑裤，向人类的女人炫耀。我还要谦虚地告诉她们，在银河，在宇宙，太阳不过是颗普通的恒星，窃取他妻子的衣物算不得太大的本领。只有你们——人类中的女人，才会做吃惊状以示畏怯。

我在心里放声大笑了。这笑声甚至可以震撼我的祖先，那平躺在博物馆玻璃柜中的曾经立过牌坊的干尸。然而，据说太阳妻子的黑裤是宇宙之王惩罚她的贞洁裤，以便让她成为没有生命热光的象征，也让她成为众天神仇视的对象。这使我不得不去思考，我们人类的贞洁裤怎么就成了荣耀和做人的资本呢？难道我有能力、有胆量去破坏这种荣耀这种资本？可我实际上不是一个真正的神啊！因为我没死，我为一个女人而活着。

不错，就是因为有了我的花儿，我才心安理得地活在这烦恼的都市中。可现在，她却先我而死了——在我的心中，她的确已经死去了。于是，当我试图用宇宙大盗的气势报复她而又感到底气不足的时候，寂寞女神便来拥抱我了。

我有两颗并跳不悖的心，一颗是天使的，一颗是野兽的。我在神话世界和人类世界的夹缝中艰难跋涉，把我从困境中解脱出来的还是我的花儿。

那天，她轻轻推开我的宿舍门，鼻腔顿时不停地抽动起来，贪欲地呼吸着干燥都市中那难得的阴湿潮润的气息。

“真舒服。”为了打破僵局，她赞叹了一句。

我冷冷地望着她，突然道：“这就叫男人味儿。”

她瞪大眼睛：“你把阴阳颠倒了。”

“没有，是女人就得靠男人滋润。”

她明白这是我的挑衅，摇摇头不再说话了，眼睛却四下瞅起来。终于，她注意到了房内阴暗的一角。那一角中冒出一根皮管子，管口用铁夹夹着——畜牧厅正在附近盖大楼，我很随便地接通了输送工程用水的管道，每天用幽冷的水在地上喷洒三遍。明白吗？我的花儿，这与其说是因为酷夏燠热、气候干燥，不如说是一种心理需要。你和我，生活在我们这个干燥时代中的每一个人，都需要阴湿滋润。

我的花儿紧抿了嘴唇，她比谁都更清楚：对我的指责会招来什么——无情的嘲弄或者残酷的蔑视。尽管她也知道，在这个惜水如金的城市，在这个缺乏水性精神的年月，偷用工程用水几乎和半路剪径一样，该当强盗论罪。

接下来，她假装不喜欢秀发披散在脸庞的一侧，微颦柳眉，用一个将乌发抛向背后的动作，回避了我对她的怅望。

她坐在我“吱吱”叫唤的床沿上了，大腿和臀部的美丽曲线顿时陷进了粉红印花的床单。她轻轻摇晃着身子，跷起的一条腿一弹一弹的。“这床，像摇篮，挺舒服。”她要无话找话，可她怎么会想到要评论我的床呢？

我说：“我每晚就睡在那朵花上，是挺舒服。”

“要是……换一种床单呢？比如，只有蓝色条纹的那种。”

“你说的是你那条床单呀？不知道，没试过。不过，也许会让我难受的。”

“心理作用。哎，你是怎么知道我新换了床单？”

我苦笑。我当然不能告诉她，好几次，我曾在残月当顶时，去她那飘散出花露水香味的窗口，想知道那个和我一样对她心潮激荡又比我敢作敢为的男人，在我的优柔寡断和轻生躁进相结合的夹缝里，是怎样悄悄钻进去，独占了花魁。那次，她睡了，姿也娇娇，梦也悠悠，大概是想让月光漏进她的香梦吧，那绿色的窗帘拥挤在窗边组合着梦一样的轻纱褶。苍白的柔弱的月光投进去了吗？进去了，却又被我挤向一边。我那荒原赋予的男子汉野性的目光，搂紧了她的身躯，也搂紧了她的香梦。我愿那梦属于我，愿那梦成为我这高大形象立足的地方和蜷缩的茧壳。直到这时，我才发现，我要用我的强悍报复一个娇弱女人的想法是多么愚蠢。我悄悄离开了窗口。

“女人，你是男人小憩的安乐窝。”我失口了。

她却扮出一副天真无邪的稚憨模样，懵懂地望着我，又将眼波荡向床围和床头的张贴：“你说她们？她们在这里给你垒起了安乐窝？”

我实在没有必要给她点头或摇头，毫无表示便是最好的表示，面无表情便是最好的表情。她也缄默了，水色淡淡的目光平静地停留在她们身上。她们是我从一些电影、体育、美术画报上撕下来的，都是些引人入胜、入迷、入梦的裸女或半裸女。女人看女人，就像母亲看别人家的孩子，总不免要挑剔。她眼皮那么微微一眨，就让我发现了她出于本能的心神不宁。嫉妒了吗？厌恶了吗？千万别这样，我的荒漠大水，我的沙洲绿荫，我的有血有肉的活女人，我的燃烧在男人心头的熊熊烈火，你完全可以代替她们，充实我传染上了时代虚妄症的空幻的望眼，充实我因事业无成、生活乏味而随时都在向异性扩张的心灵。走下来吧，我的花儿，用你母性的狂热和执着，从咫尺天涯的那幅朦朦胧胧的水彩画中凶猛地撞入我的怀抱。

可她没有，她始终和我保持着一种距离。她说："你喜欢艺术？我以前怎么没感觉到呢？"

"这不是艺术，是生活。"

"当然，对挚爱艺术的人来说，艺术就等于生活。"

"狗屁！"对她的装模作样，我终于憋不住说了句粗话。

可她为什么要报以宽容的一笑呢？我期待的，是她的发怒，是让我来一番歇斯底里的理由。我的花儿，也许你的出现会使她们贬值成一片大戈壁中的鹅卵石，但如果你不是用来滋润我被干燥的气候和生活的烈酒烧坏了的歌喉，你就没有任何存在的意义了。死，即刻死去。

我指给她看床头那幅唯一不是女人裸像的张贴。我发现，我们是可以谈谈人生的，尽管她在我眼里浅薄得就像一张纸。但哪个男人希望女人比自己深刻呢？她的无知、她的善于听任命运摆布的性格，不是更可以让我随心所欲地由浅入深吗？

“是死还是生。”她念出了我的座右铭。

“莎士比亚的话。他是个英国人，写戏的。”我尽量想解释得通俗一点儿。

“女的？”

“男的。”

“我以为你喜欢的全是女人呢。”她说罢，轻轻一笑，又诡谲地撇撇嘴。

我顿时脸红了。她是知道莎士比亚的，她在戏弄我。但她不明白她已经犯了罪——诋毁世间高于一切的男子汉的自尊，罪莫大焉。我随时都可以让她赎罪。

她从我的脸色中看到了某种异样，倏地站起：“我要走了。”

“不准你走。”

“为什么？”

“不为什么，不准就是不准。”

她惊愕着，好一会儿才道：“你……有什么权力？好像我是你的什么人。”

“对！你就是我的，我一个人的！”我吼起来。

可她吼得比我还要响亮：“我永远不会是你的。我是我！我就是我！”

我的美丽的花儿，你太倔强了，太无视我的孤独灵魂的存在了，只要你当时稍稍驯服一些，哪怕给我一瞥企望得到怜悯的目光或一声微弱的叹息呢，我就决不会扑过去。

我将她推倒在床上，又撕开了她的纽扣，然后便不知所措了。可她用双手拼命护着裤子，似乎在提醒我，一个男人这时候的目的应该是什么。我明白了，我相信凭我的勇气和力量，我是可以达到目的的。我开始那样做了。在她的低泣和细细的哀告声中，我陡然发现了自己的伟大和存在。

就在这时，她伸手抓住了皮管子，掰掉铁夹，捏扁管口，朝我那张凶狠发烫的脸喷出了一道猛烈而冰凉的水。我闭眼了，双手捂脸。她翻身起来，顺手推我一把，然后跑到门口，又倏然停住，喘着气瞪我："你听着，我是来告诉你，放下你的臭男子汉架子，从头学学怎样生活吧！至于我，这一辈子打算嫁十八个男人，但没有一个是你。还有，你必须最后听我一句话，赶快把这些女人像藏起来，不然你会倒霉的。"

她走了，脚步沉沉。我呆愣着，突然转身，一鼓作气，撕碎了那些魔女的形象，然后，拿起黑皮管，以上帝撒尿的自豪，浇透了我的床铺。天旱地干人不灵。我就在这水淋淋的被褥中发酵我活下去的信心、适应生活的能力和敢于直面她却要淡漠她的勇气吧！我躺下了，就在被水浇透的床铺上躺下了，昏然睡去。一个月来，我第一次有了一夜没有噩梦也没有她出现的睡眠。

她真的被我淡漠了。以后的日子里，除了随考察队来荒原之前我去向她告别的那次之外，我再也没有对她产生过些微的恻隐之心。

第十三章 野尘荒风

益西拉毛，你不能停下，纵然白花花的奶水流成河，纵然你的母性的深情洒满了荒原，纵然你的灵魂已经和躯体分家，只要你的心脏还在跳动，你就得跑下去。荒原人，荒原马，除了心便没有什么可以奉献的了。我举起了马鞭,向你致敬,益西拉毛。我代表人类，代表环湖荒原，代表我们的行星，向你致敬。我将在前方牧地掏个窟窿，把地球戴在头上，当作礼帽，向你致敬。

在环湖万籁俱寂的西部，我和考察队员们与贫瘠的大地融为一体。寒冷和干燥给我带来了无尽的对温暖帐房的思念，思念我的母马我的母熊我的母性的饿狼——我的灵魂的归宿我的荒原女我的具有阳刚之浩气的野性的女人。卓玛意勒，为了她，即使我把心放在大湖上空，也好像拘禁在憋闷的羊皮口袋里。因为我的心像猛兽一样气势汹汹、大起大落地朝她跳动着。

我们在那里经受了严寒和寂寞的考验，也看到了开湖。那不是一年一度的季节性的浮冰破裂，而是真正的大气磅礴的开湖——

破晓了，那从灰白的大气深处升起的一抹霞色——缓慢移动的遥远的纯赤生命，变幻出一股股漫散开去的烟袅。迅即，尘沙万里，从环湖西部滚滚而来。这转捩性的荒风使天空顿然晦暗。首先从这大风中汲取了神力的是大湖，是封冻着的安静的冰。从湖中冰面扯出巨隙的地方，传来阵阵轰鸣声，像山体走过大地，像地壳播放熔岩滑动的高歌。马上，一溜儿冰带次第献身：被风浪高高举起，又抛向前方冰面。新生的烂开的冰块翻腾几下后，又倏然跳起，伴着水浪沉稳有力的夯歌，陨落前方。

大湖爆炸了，石破天惊。好像荒原神在湖底燃起了熊熊烈火、寒冷、寂苦、死灭，漫无目的的板滞的晶体，像湖冰一样结实的惰性和颓唐——冬天，在一瞬间逃遁。威武雄壮的开裂也向纵深发展了。天空轻纤的云朵、娇喘可爱的苍鹰、低浅的荒原河做作的清响、谐美而矫情的兽鸣，经不起大湖轰动天宇的冲击，须臾消逝了，死灭了。环湖，只有惊天动地的裂变，只有数万冰块的狂舞，只有摧折大山的力的奔驰，只有毫无成见的对历史的抛弃和对现实的冲撞。大湖开始分娩了，在度过了最后一段孕期之后，用无数冰块的大起大落，分娩出了一个骚动的奇姿妙态的水域和东仰西偃的世界。

而我们远远地躲在岸上，惊恐万状，一门心思琢磨着什么时候逃走最合适。是的，我们害怕，却又好奇，就那么忐忑不安地伫立滩头。直到风日轻清，大湖出现静水倩影的时候。真侥幸，我想，沿湖还有一层厚实而平阔的冰岸，要是狂风再吼，连冰岸也会爆起。那样，我们非得受到威胁不可，即使逃脱，也会失却掏冰窟钓鱼的机会。我们这可怜的需求，可怜的满足啊！甚至，为了一天能有一条鱼下肚，我诅咒这有声有色、瑰丽壮观的开湖，尽管湖总是要开的，尽管作为世界屋脊的大水，它创造着全世界的春天。

可是遗憾，我们竟没有美索不达米亚人和埃及人那种对水的深刻认识。水是我们的精神本源，因为它汹涌澎湃。它有直冲云霄、撕破雾障的伟力，有横卧大地、直贯所有低洼处的奔势，还可以让大天降落大雪大雨，那雨雪对人类粲然一笑，便渗入土地，又催促土地无私无尽无条件地奉献。只是，人们太苛刻了，抽打着大地，要它进贡它的能力所无法创造的一切。于是，它被折磨得筋疲力尽了，毛发全退，了无草迹，哪儿去了，昔日懂得摇晃鲜花向远方、向人类致意的草地？哪儿去了，春情缱绻的碧悠悠的荒原资水？问大湖，大湖厌于回答。它的存在就是为了爆发、崩裂、创造。即使在冰封湖面的日子，它的精力也全部集中在孕育上，无暇眷恋往事，无心接受叹息，无意发现自我。

半年多过去了，我们征服了病魔、风魔、夜魔、兽魔、寂寞鬼、干旱鬼、疲累鬼、寒流鬼的侵扰。在时时袭来的濒临死亡的感觉中经过了无数次灵魂与肉体的搏斗之后，我才有机会去寻找牧家。帐房的方位大幅度移动了。但对我来说，不论在这个已显破陋的牧民定居点，还是在绿浪浮动的原野，都只有一个目的：我又回到卓玛意勒身边了。考察队要在这里休整一个阶段。

定居点是三年前政府帮助修建的。学者们从建立草原新村、引导牧民走向新生活出发，论证了改变生活习性在实现现代文明中的至关重要的作用——从游牧到定居，之后，在黝黑的土坯房顶，耸起根根现代化的神经——天线。前方山巅是高高的电视塔。土坯房内，生养后的女人要卧炕不起，度过一个饭来张口的老天法定的“月子”。而不是像现在这样，生养七天后便去满草原拾牛粪，甚至在迁徙的途中，以马背为炕，流着经血扬鞭催马，奔向远方。并且，要以这土坯房的文明隔墙，限定爱的索求和爱的施与。把一切粗犷化为细腻，把所有野性的直露变为含蓄的作态。真是好心啊！

可是，很快，牧民们就发现，他们起初的安居乐业完全是出于好奇。好奇迅速消逝，随之而来的是一种对定居点的不适应，如同小鸟不适应狭小的笼子。但这情绪上的变化还无法使他们追逐水草而去。即使自由的孤独惯了的天性会使他们萌发离弃土坯房的念头，那也只是脑力劳动而已。忠厚、服从、感恩的固有意识永远不会让他们把离弃付诸行动。倒是人类向文明飞速发展的大趋势，真正决定了定居点的命运。

城市对牛羊肉的吞吐胃口越来越大，而荒原牧家的交售却逐年减少。怪谁呢？那么多畜群集中在定居点的四野放牧，草场退化得比还俗喇嘛念经还要快。羊以草为天，天塌了，也就无法生存了。所谓繁活率、存栏率、净增率的高指标，也只是一片翻起来“哗哗”响的乌有。于是，在决策人物的默许下，牧人们毫不惋惜地抛弃了家园，跋涉旷野，四季轮牧，只在深冬才回来住上两个月，算是对当初修建定居点的人的宽慰吧。情绪总是要照顾的，尤其是热情。但许多牧家即使来到这里，也不住进属于他们的土坯房，而是继续居住帐房。于是，用不着体力相加，被冷落被废弃的鳞次栉比的土坯房在一种顽强意念的摧残下自动破烂了，像那种在荒原上失去了名誉的男女，甚至不会招来人们怜悯的一瞥。这意念属于对未来对幸福的追求，也属于对荒蛮、对往日的怀想。

而在这意念取得胜利的废墟四周，在更遥远的地方，在日见缩小、退化的草场上，秀色，无边的秀色，比湛蓝的天空还要明媚的大地，比青碧的湖水还要鲜亮的大地，绿色地气和蓝色阳光交融着的地平线，只成为牧人们美好的记忆了。灰土地上，孤零零的小草轻轻抖动着。黄沙来了，草原一天天缩小了，湖水一天天后退了。而强悍的荒原人，逐水草而居的游牧民的子孙，在意识到生命的危机之后，那流淌在血液中对死亡的渴念，已使他们不顾一切了。

荒滩那边，一片草新花艳的牧地，招惹得畜群春心酥软，也招惹得牧人心驰神往。牧人们向洛桑措木陈述必须争夺的理由。而洛桑，这位有声望的老人的脸上，也荡漾出毫无畏葸的刚毅来。这使我诧异：生活这样快地夺走了他们的禀性，又引发出另一种禀性。我想，我不能袖手旁观，我是可以延宕洛桑老人的打算的。

那天，吃晚饭时，我说：“你们就不能让一让？”

老人瞪我一眼，沉默不语。他觉得在这种事情上不值得和我饶舌。

“别劝阿爸了。”卓玛意勒对我说，“有些事情阿爸也说不清。”

我说：“很清楚，过去，谁也不去泽曲热巴，现在人家已经占了，谁不去抢，谁在人格上就是胜利者。”

卓玛意勒放肆地笑起来。是的，我很可笑。抹去了忠厚，荒原人的人格从来就伴随着争强好胜。不是从暴烈的争锋中——赛马、摔跤、打斗、草原纠纷、捕杀野兽、往古的对侵略的反抗磨砺出来的人，有什么人格可言呢！

“可是，总不能用暴力……”我瞥了一眼卓玛意勒，“夺人所爱吧？”

“我们也爱呀，是吧？阿爸，我们就爱长草的地方。”

老人沉重地点头，又转向那个一直勾头不语的女婿：“去给那匹栗色公马备上鞍子。”

白华尔旦吃惊地问道：“你要骑马？”

“那是你的！”老人吼起来。

白华尔旦匆忙起身出去了。我明白，老人是在责备这个不中用的女婿：为什么不说话？你不同意抢牧地？那你就不是环湖的儿子，你就该滚出我洛桑的家门。而卓玛意勒却连劝劝阿爸的意思也没有，甚至有点儿恼怒地扫了一眼丈夫的背影。

我宛然入梦，也恍然明白：看来，面对这场争夺，我也是不能退却的，至少我得跟着去看看。唉，人啊，都是为了爱才去厮斗才去杀戮的。由于爱，所以要索取，于是便有了爱与爱的争夺。假如，环湖荒原的牧人们仅仅是为了恨呢？傲慢和轻蔑会使他们说：“走开！别叫我看见你。”为了这个目的，真正走开，甚至不惜转移草场、长途迁徙的，却是他们自己。吃这种荒原跋涉的苦，他们心甘情愿，因为这是环湖人的尊严。

这个忧悒的黎明很快来到了。万里一道燃烧的朝霞蒸腾而起，厚云如烟，如诡异的硝烟。荒原静悄悄的。一大片放浪形骸的人群静悄悄的。不远处，野性未驯的青海湖静悄悄的。

洛桑措木的坐骑，那头伟壮似象的牦牛，审慎地瞧着它周围的马、马背上那些面孔冷峻而内心激动的荒原的主人，终于明白这是一个非同寻常的日子。于是，它也显得激动无比了。骚动的本性，宣泄精力的欲望，使它格外不耐烦起来，一俟洛桑捺住它粗硕的犄角，翻上它坚实而柔韧的脊背，那四蹄便止不住地狂颠起来。

没等洛桑发出悠长而粗闷的吆喝，他的部下便簇拥而去。好啊！这就是洛桑所企盼的那种士气：人人都那么勇武，都那么迫不及待。而自己的女婿白华尔旦、那个真正的荒原的儿子就跟在自己身后。看样子，女婿是要争口气的。好样的，勇士，就应该这样。

荒原被震荡着，湖水也开始喧腾。东方的霞色消逝了，烟雾压上头顶，迷蒙而潮湿，浓得就要滴水。一个小时后，以牦牛为首的马队，伴随阵阵人喊马嘶的声浪，涌入了泽曲热巴牧地。

那些先入为主的别勒大队的牧人们还以为声浪是梦中的历史——那由父辈们口传并经过时间刀砍斧凿的环湖主人的更替史。他们悲梦绵绵，沉睡不起。而对洛桑来说，这正是他所企望的，因为这样就可以避免暴力的对峙和流血了。

洛桑很快将人群分为两拨，一拨去驱赶那些已经开始满地乱撞的牲畜，一拨由他亲自率领，将散布在四周的五顶帐房团团围住。

“下马！”他轻声命令身边的白华尔旦和另外几个年轻人，又朝他们使使眼色。

他们意会了，跳下马背，将拉起和支撑帐房的所有绳索、木杆统统砍断。“哗哗”几声，五顶帐房全都落下，平铺在草场上。

那些从梦中惊醒的别勒人蠕动着，铺地的帐毡下立时出现了一阵叫骂和试图掀掉帐毡的声音。有经验的人却一动不动地躺着。他们明白，如果是仇杀，外面围住他们的人一定会把腰刀戳向帐毡骚动的地方。

正是这样，围住帐房的年轻人已将刀尖对准帐毡上由于人的挣扎而凸起的大包，只待洛桑举起手中的牛鞭。洛桑沉默着，刚毅的脸上两绺眉毛不住地耸动。突然，他挥挥手，等他的手下人沮丧地收回了腰刀后，便朗声高叫起来：

“别勒人，快滚吧！若要活命，就滚出泽曲热巴！”

“你们女人不如，有本事让我们出来，刀对刀、枪对枪地干。”

声音像来自地层深处，强劲地冲出厚实的帐毡。但这是洛桑和他的所有部众都料想到的。洛桑扫视一周，吼道：“打！用鞭子打！”

鞭声响处，出现了阵阵惨叫。洛桑老人扬起眼眉，就要命令停止鞭打时，突然瞥见自己的女婿白华尔旦僵立着，连鞭梢都没有甩动一下。

“白华尔旦！”他一声猛吼，让自己的女婿在战栗中感到了一种天威的胁迫。

白华尔旦知道自己不动鞭子不行了，一来免不了洛桑和别人的惩罚；二来，自己不动手，这场用鞭子逞凶耀能的战斗将会持续更久。他举鞭猛抽了两下，只当是自己郁闷情绪的发泄。洛桑满意了，一声吆喝之后，残酷的鞭打结束了。

洛桑仰头瞄瞄远方，掉转牛头，朝回疾驰。所有人包括那一拨驱赶别勒人牲畜的人，从四面八方朝那头黑色的牦牛跟了过去。

“走啊！驮帐房，赶牛羊去。泽曲热巴已经是我们的了。”胜利了的牧人在心里、在嘴上都这么欢呼着。

而那些挨了鞭子的耻辱的别勒人，尽管恨不得即刻就把耻辱还给暴行的实施者，但当他们从帐下爬出来时，却只有诅咒的时间了。畜群已经被驱散，等他们把这些至高无上的财富聚拢到一起，再要重新成为诱人的泽曲热巴的主人时，那就得付出代价了。

这天下午，新牧地的新主人，真正骄傲的环湖的子孙，听命于洛桑措木的安排，拖家带口，搬进了泽曲热巴。他们中的大部分人似乎都没有想到应该提防别勒人的报复，因为他们的祖先对任何人、任何形式的报复都已经习以为常了，而他们，离开了对祖先动荡生涯的怀念，似乎就算不得对历史有所思索。

庆贺争锋胜利的聚餐在牧地中央举行。男女老少，所有人众分五摊围坐。酥油奶茶手抓肉，辛辣的青稞酒，疯狂的耍笑，疯狂的摔跤，疯狂的舞蹈。为了赢得荒原最漂亮的女人卓玛意勒的敬酒，男人们发起了疯狂的各式各样的比赛。我被看作唯一参与了草场争夺战的汉家的猛士，接受了他们轮番不休的又撕又扯的劝酒。

我醉了，洛桑醉了，白华尔旦也醉了，贡嘎牧人中的所有男人都醉了。即使个别担心别勒人报复的人，也都没放过这个痛快喝酒的机会。别勒大队离这里约有五十公里路程，他们人人骑上追风马，也无法在今夜赶到这里来。

但是，谁也没想到，那十几个挨了鞭打的别勒人并没有去家园召集人马。带着耻辱和鞭痕狼狈而归，那会得到亲人们的嘲笑的。洗刷耻辱就在今夜，否则，他们宁肯自杀。天擦黑时，他们将失散的牛羊全都找了回来，然后向泽曲热巴悄悄地逼近。

后半夜，牧狗的狂吠战胜不了醉汉们的睡魔，十几个别勒人也像自己的仇人那样，砍断了一顶帐房的绳索和木杆。时间不允许他们舞弄鞭子，扫荡帐毡。他们策马上前。十几匹马、四十多只蹄子从铺地的帐毡上飞踏而过。迅即，马蹄远去了，只留下了阵阵惨痛的呻唤。

白华尔旦是第一个警觉到这报复的。他从自家出来，又进去喊醒了洛桑老人。接着，所有男人都出现在夜空下的泽曲热巴牧地上。

“追！”白华尔旦出奇地勇敢起来，朝阿爸咬牙切齿地大喊。

谁都知道，追是无济于事的，别勒人也是骁勇的荒原汉子，有偷袭的本领就有逃脱的能耐。好在，被马蹄践踏的牧家，没有一个人死去，洛桑老人也就心安理得了。他们还是胜利者，泽曲热巴还是属于他们的。这就够了——一切荣耀和一切生活的希望也都在其中了。

可白华尔旦并没有从阿爸的沉默中得到启示。他跳上了那匹栗色公马，粗野地叫骂着，朝着黑暗疾驰过去。人群开始动荡，许多人跃跃欲试。

洛桑笑了，平静而淡漠。他告诉他们，谁也追不上了，也没必要追上他们。白华尔旦也不会有什么危险，用疾驰发泄一阵愤慨后自会归来。漫漫荒原上，没有谁会从这匹栗色公马的背上俘去它的主人，除非白华尔旦昏了头，撞进别勒人群居的地方。

自负、自信的洛桑周围簇拥了一片同样自负的人众。大概只有我是不那么坦然的。我在黑暗中寻觅卓玛意勒。

卓玛意勒被姑娘们围着，在许多歆羡的目光面前，陶醉在幸福之中。丈夫的举动给她带来了殊荣，她哧哧发笑，兴奋得满脸通红，时而又把倨傲的目光扫向每一个张望她的人，毫无遮掩地让对方感到她对他们的鄙视。

我挤进姑娘堆里，想给她泼一盆冷水。猛不防，有人在腰际掐了我一把。洪亮而华丽的荒原众女的狂笑声中，我被她们推来搡去。等我做出要逃走的样子时，双脚便倏然游离了地面。她们将我抬起，像秋千那样荡来摇去，又忽地抛向空中。我的身子又被另一伙人接住了，不知有多少只手伸向我，乱撕乱扯，我悲愤地大叫。但我明白，在这些粗豪的姑娘们充满异味的玩笑中，任何反抗都只能增添她们的玩兴。

霎时间，在荒原神秘的暗夜，在神秘笼罩着的壮猛的风土之中，我成了一尊裸体神像。我伫立牧地，雄赳赳地直面群女。她们都笑着，都那么毫无顾忌地盯着我。

卓玛意勒愈加得意了，怂恿姑娘们来一次真正的争夺，像牧人的叼羊那样，谁抢到手，今夜我就属于谁。我这是在沾光了，跟着卓玛意勒沾光，因为对我的“抬举”便是对她的赞誉，便是给她以无上荣光。

我浑身颤抖着，没等她们过来，便虎势势走向卓玛意勒，一把撕住她的袍胸，用我男子汉的激愤将她狠狠摔倒在地。她头颅着地了，疼得连声“哎哟”。但她误解了我的粗暴，她那么容易误解。她爬起来用全部的热情拥抱了我，让我裸露的坚实的躯体贴在了她身上。

我们的四周出现了一阵狂欢，有吆喝的，有鼓掌的，有浪笑的，还有唱情歌的，好像人类是在热烈的欢呼声中进行播种而得以发展的，好像这种喧闹的场面给人一种超历史、超道德的升华。我的怨怒悄然遁去。我再也想不起这是侮辱，是对文明的挑战了。

可是，我毕竟是隐私的产儿，我的生命萌发于黑暗的一隅。就在那个时候，我就注定要去崇尚神秘和朦胧，注定要掩埋我的童心、我的坦直，注定要去接受由历史划定的美好与丑恶的分界。只要是在光天化日之下、众目睽睽之中，人类最需要的，便是遮掩和虚伪。我想挣扎着脱身，可卓玛意勒已被四周的欢呼和赞美搞得力大无穷了。相比之下，我倒成了一个柔弱的女子。

我只好俯到她的耳畔，厉声吼道："白华尔旦，他回不来了，他会死的！"

"啥？"她问。

我又将刚才的话吼了一遍。四野立刻趋于寂静。卓玛意勒松手了。

我怒视群女，大声说："穷高兴，白华尔旦，他从来就不是一个勇敢的人。"

有什么轻蔑比这更让荒原的女人气恼呢？卓玛意勒逼视着我："你胡说！"

"看在佛爷的面上，我只能说实话。"

"见你的鬼去吧，你才是个胆小鬼。"

"我是，他也是，而你们不知道，你们都被魔鬼迷住了心窍。"

卓玛意勒朝我扑来，所有在场的女人都朝我扑来。如果我露出胆怯的神色，如果我后退半步，我的健壮的身躯将会不堪一击地瘫软在地上，甚至会一命归西。我伸手揪住卓玛意勒，任凭她们在身后拧撕我的皮肉。

我说："如果我说的不是实话，明天，就让老鹰啄瞎眼睛。"

这誓言让她们震颤。卓玛意勒沮丧了，恶狠狠地推我一把，返身就跑，仓皇隐入了那顶和夜色一样黝黑的帐房。群女们和那些围观的男人都泄了气，纷纷离去。荒原中，只留下我的孤影和人畜的鼾息。在以后的几年中，我都忘不了当时的情形：有一双眼睛在黑暗中窥伺着我的举动。我穿好衣服，孤影徘徊，好一会儿，才朝牧地边缘走去。

我该离开荒原人了，从此永别，不再照面。其实我早就有了这样的想法，只是没有遇到一件事能够摧毁我的迷恋。如今，我终于清醒了，从梦魇中走出，从卓玛意勒的野媚中挣脱，只让一片万物就要枯死的荒原占有我并折磨我，直到死去。

“咣当”一声，一把熟悉的腰刀闪着寒光被人抛掷在我的脚前。

“洛桑！”我大吃一惊，抬眼逡巡。

“小伙子，有胆量侮辱我们，就应该有胆量按环湖的规矩行事。”老人突然出现在我面前，狞笑着，锐利的目光告诉我：他随时都有可能让我身首分家。

我惊愣着，又猛地弯腰拾起老人的腰刀：“我不走，我等着，需要我死的时候，我决不劳你们动手。”

我的勇气，我的荒原赐给我的刚硬，把老人气蒙了。因为他也预感到了我的判断的正确——白华尔旦不会像他所企望的那样，安然归来。不然，洛桑只会把我当作一个浅薄的外来汉，鄙夷地笑笑而已。

我随洛桑进入帐房。卓玛意勒已经不打算要我了，沉默而又蛮横地将我蹬向她的脚底下。我忍了，什么事情没忍过呢？一个打算适应生活的硬气的男子汉，任何时候都应该有容忍的肚量。

就像我想到的那样，我没有捞到使用那把腰刀的机会，我的预言成功了。驻牧于泽曲热巴的所有人都被沉郁的气氛所困扰。自尊的洛桑和骄傲的卓玛意勒气恼得脑袋发晕，只差掉下眼泪来，可他们不会掉泪，只会默默承受。

第三天下午，一百多匹马，一百多个英武剽悍的别勒人，卷着阵阵荒风野尘，从远方浩荡而来。他们在牧地边上勒住马，列阵高叫：“滚出泽曲热巴，这是我们最先占领的地方。”由于他们的报复成功，更由于他们手中有一个足以让贡嘎人尤其是洛桑措木羞死的人质，他们没有亮出腰刀。

而在我们这方，只有我一个人立马草地，大胆地直面着他们。别的人都显得极度慌乱，在洛桑老人无声的指挥下，卸去帐房，驱赶着畜群，准备离去。他们怕羞，怕受到嘲讽，怕得要死。他们的队伍中出了一个懦夫，或者说是叛徒，他们的尊严已经失去了任何凭借，内心承受着耻辱的压迫，威风扫地，声望喂了狗，荣耀更他妈不值一提了。

“让洛桑说话。”别勒人中，也是一个长者，傲慢地朝我叫喊。

“有什么话给我说，我代表他。”我说。

那边的人群里顿时响起一阵哄笑。长者又说话了：“看在白华尔旦的面上，泽曲热巴牧地我们各占一半。”

“等等，我去问问洛桑。”我说着就要掉转马头，忽听洛桑在不远处朝我传话：“告诉别勒人，我们不配，我们让出整个牧地。”

我仰起头来，如实奉告。对方不说话了，有几个马头骤然聚拢到一起，好像在商议对策。而这时，我的身后，贡嘎人心灰意懒的撤退已经开始。人无声而牛羊不忍离去，悲凉地叫着。

洛桑骑着那头牦牛，突然出现在我身边，冲别勒人吼道：“你们让白华尔旦过来。”

“不！我们不放他走，我们得让他喝够三十七天马尿。”

洛桑淡然一笑：“男人要是下贱，就连骚羊也不如。荒原人的败类，就该让他喝马尿。”

他说罢，驱牛就走，又关照地朝我晃晃鞭子。

“怎么可以不让他们放人呢？”我大声质问。

老人不语，走了。我也只好跟上，走了。可爱的泽曲热巴，永别了。经过这个夏天，你将失去你的丰茂、你的诱人的美丽，因为你哺育生命的能力是有限的。别勒人那么多的畜群，会在极短的时间内，吸干你的所有养分。你将在荒原的怀抱中趋向沙漠戈壁，不再有人爱你了，也就不会再有为了你的争夺了。

可是，白华尔旦，你为什么还要受到惩罚呢？难道整个泽曲热巴都不能换回你的自由、你和家人的团聚吗？更重要的是，我又不能离开荒原人了，没有了白华尔旦，卓玛意勒会感到寂寞。

还记得那几个没有了白华尔旦的夜晚，我尽量顺从地陪伴着卓玛意勒，去帐外游荡，去草丛中她铺展的皮袍上过夜，去用我的全部热量让她感到快乐。不知为什么，我也像她一样，厌倦了那种没有星星凑趣的帐房里的亲热，我们尽量待在旷野里，天当被来地当床。可是，卓玛意勒从来没有真正高兴过。当我明白，她的苦闷并不是由于思念她的丈夫，而是为了那个丢失了的一钱不值的声誉时，我竟蓦然产生了一种轻松感。

一个女人只能属于一个男人，这固执的念头又一次朝我袭来，我惶恐不安了。因为我的埋藏最深也最有价值的爱情，只能献给我的花儿，我一贯这样认为。即使在搂抱卓玛意勒最紧最紧的时候，我也曾叮咛过自己：真正的爱应该是寄托，而不是占有。

可是，难道我在卓玛意勒身上就没有丝毫寄托吗？

我不明白。

第十四章 大荒原，请不要为我忧伤

风驰电掣的我的益西拉毛，面迎荒原落日的壮逝，雷殛般扑向由爱造就的黄昏的殿堂。在它的身后，浑黄辽远的大地上，是一串曲线柔美的蹄印，是一首苍茫的诗。它身上纵横的血管、错致的筋脉网络和那鼓荡起伏的心脏，与天际罡风的力量趋于一致了。

仿佛梦魂归帝所，闻天语，殷勤问我归何处？我报路长嗟日暮。我说风休住，风休住，九万里风鹏正举啊，风休住。快！益西拉毛，我知道你是一匹不去爱就无法生活的母马，可为什么还要失神顾盼呢？你又在忧郁了是吗？不过，要忧郁也是最后一次。最后一次的忧郁大概是最富有人情味的忧郁吧？

看啊，那是什么？秃败了的垦荒地，父亲的满是皱裥的坟冢。快！闪过去，闪过去，我不想在这里逗留。这里飘逸着一股浓浓的历史的难堪，回荡着一声被风沙卷逝又卷来的生命的喟叹。我举起了鞭子，一再地举起了鞭子。风驰电掣的我的益西拉毛，雷殛般闪过父亲的那被时间荒疏了的葬身地，去迎接荒原西天落日的壮逝。

然而，益西拉毛的力量已经从极限开始下滑。它从那堆疏松的土堆前晃过，前蹄疲倦地踩进了一个旱獭的洞穴。“哧”地一下，它跪了下去。我惊骇地大叫一声，叫声刚落，益西拉毛就挣扎着支撑了起来，依旧是跑动的雄姿，依旧是母爱的狂颠。

我想，假如我是一头大象或一峰骆驼，我一定会把我的益西拉毛驮在身上。不！我也是一匹马，一匹标准的环湖马，一匹公马，我会给它带跑，给它力量。我会对它说：“你要保重你的身子骨，孩子，我们还会有的。我会像对待世界上最漂亮、最温情的母马那样，让你得到比损失多一万倍的补偿。”我希望我走向关于生命的传说：巨蚌从大湖中浮现，张开贝壳，向人间托出了我和益西拉毛。我是在幻想。这也是幻想吗？但我明白，我需要警策。我、我们人类，缺少的正是益西拉毛的母马精神，这种为了爱的忘乎所以的生命投入。

为了使那些神灵和家园赐予的财富免予减损，洛桑他们又要迁徙了。日益荒败的环湖已经没有多少草长莺飞的地方了，他们要去哪儿呢？谁也说不上，走走停停，满荒原游荡，见了草就停下，吃光了草就离开，生活就要变成流离失所的样子了。

我没想到，就在他们准备开拔的前夕，白华尔旦回来了。他一脸凄惶，下马后便踉踉跄跄奔进那顶黑色帐房。我和卓玛意勒几乎同时上前扶住了他。而洛桑却稳坐着一言不发。

“回来了！终于回来了！”我高兴地向卓玛意勒唠叨。

卓玛意勒却用一只手抖抖索索脱他的衣袍，急着想看看那灼烫的鞭痕。“啊！”她愣住了。他的肌肉光光的，甚至还有些滋润。

“你是怎么回来的？”她问。

“他们不让走，可我是你们的人，在这里饿死也比在那里好吃好喝强。”白华尔旦说着，目光直扫洛桑。

“想死？哼！快走！我不想见你，连你的死身子也不想见。”洛桑尽量压低嗓门发泄着怒火。

我这才明白，别勒人不放他回来，是想保护他。而在这边，这个制造了羞耻的汉子是得不到同情的。白华尔旦出去了，又被洛桑喊了进来。

我窥探老人的面孔，蓦然望出了哲人的哲理：“真正美的东西，必须跟自然一致，跟理想一致。”飓风吹出了他这尊粗粝的石雕，又被雨水浸泡，于是，有了黑色新林，有了林带掩映着的峥岩——颧骨伟峙如山；柳眉象眼，大耳方腮，高鼻厚嘴。他是按照荒原粗犷浑朴的模式塑造出来的，具有环湖风貌，概括了荒原地物。从他脸上，简直可以抽象出荒原的所有特征。或者说，他的脸就是一部环湖风风雨雨的历史，就是整座荒原的缩影和风格袖珍图。这张脸告诉了我后来发生的一切。

“端茶。”老人吩咐女儿。

卓玛意勒极不情愿地起身遵命。我想，但愿这是她故意做给丈夫看的，为了她以后还会有无数个充实的夜晚，白华尔旦应该永远这样坐在这顶破旧的帐房里。

茶端来了，白华尔旦接住，眼瞅着妻子那张伤感而温和的面孔。然而，如果我意识到，这是卓玛意勒临别前的一次恩赐的话，我一定会抢过那碗茶。要别离就冲我来吧！我情愿接受也经受得起这苦涩的最后一次温存。

在我的记忆中，苦涩是枝别样的花，在环湖荒原，在卓玛意勒面前，它绽放着，而绽放得最为艳丽的时刻却出现在我的花儿身边。我的花儿，还记得吗？在我奔赴荒原的前夕，我去向你告别，问你可有祝福带给荒原的牧家，可有什么东西要带去环湖。你说，没有。难道连句问候都没有吗？——对厚道质朴的洛桑一家，对渐渐小去的中国最大的内陆咸水湖，对日益稀少的环湖的绿影，对被你招惹过扼杀过的毛虫。在那所高雅冷清的房子里，你端给我一杯热腾腾的咖啡，相对无言。我喝着咖啡，像你的哥哥那样，关心起你的生活来了。

你说，你就要结婚。我说："我就是来向你道喜的。"你苦涩地笑了。你谈起了你的丈夫，似乎在所有方面他都不如我，可有一点，你是满意的，他有权支配别人而将无法支配你。不像我，只会把运气押在别人的赌注上。

当然，还有一点，他是你父亲的学生。在你参加工作之前，由于你父母遭贬的缘故，你曾在他们家里住过一阵。他是个好哥哥，带着怜香惜玉的心情，比任何人都细心地保护了你并体贴着你。可你，作为一个令许多人垂涎的大机关的高等干事，却依旧留恋过去那些苦巴巴不顺心的日子。留恋归留恋，你毕竟在生活中找到了自己的家。而我呢？我还是又一次来到了荒原。

心惊肉跳：湖水一天天下降了，草场一天天缩小了，沙化一天天严重了，牦牛一天天消瘦了，饥肠辘辘，用舌头在同类身上互相舔啊舔，舔尽了浑身的黑毛，最后倒地了。那些还活着的死者的同类，急急忙忙围过来，撕咬着它的皮骨相连的身子。但在过去，它们是从不食肉的，更不会把牙齿对准自己的父母亲，或者孩子，或者伴侣,或者……可它们又能苟活几天呢？风沙来了,尘埃漫天走过。它们不愿意暴尸荒野，它们被时间埋住了。过不了多久，它们的坟地便会成为一片沙漠。沙漠,总是从天而降的沙漠,将是环湖的未来、草原的未来吗？我欲哭无泪。

在贡嘎人从泽曲热巴回来之后，他们的畜群里便出现了牛食牛的情形。我的花儿，在那个雪沃大荒的日子里，我问过你，愿不愿意做一个普通的牧人，也就是说，做一个苦难人。“不！”你说。你是明智的，明智的我的花儿，你说：不，不做环湖人，不愿让自己青春的生命伴随着绿色的消失、大湖的隐退和沙漠的到来。

白华尔旦喝过茶后，我们和往常一样，围着草皮砌就的炉灶坐下了。没有人说话，仿佛整个世界都被沉郁困扰着。卓玛意勒按照阿爸的眼色行事，又把糌粑双手捧到了丈夫面前。白华尔旦是明白其中的含义的，也不推辞，大口进食。终于，这顿离别意义上的最后的晚餐结束了。白华尔旦默默坐着，静等着洛桑驱他出门。

“你，不要再来了。”这就是老人对女婿的最后叮嘱了。

“呀！”白华尔旦赶忙应承。

“忘掉我，忘掉卓玛意勒，还有这位汉族兄弟。”

“呀！”

“也不要再去别勒人那里。”

“呀！”

老人伤感地扭过头去。可他还没来得及挥手示意女婿离去，外面就响起了一阵杂乱的脚步声。白华尔旦忽地站起，扭身就跑。门口有人拦住了他。这人一定是悄悄摸过来偷听的。

“哈！白华尔旦，你回来了？我们来看看你。”那人说着，一把将白华尔旦揪出了帐外。

“哈哈！”好些人同时笑起来。

“看这畜生，喝马尿喝胖了。”

“摸摸他的肚子，是不是长了厚膘。我们的牛羊可是天天掉膘。”

大概有人动手了，外面传来白华尔旦不知是求饶还是表示反抗的叫声。洛桑凝然不动。这种对耻辱的嘲笑是祖辈们流传给他和他的同龄人的，又被他们自己加固成一条更加坚实的锁链，用来束缚儿辈孙辈们。而我也只能忍耐，因为任何阻拦他们嘲弄的行为，都将是火上浇油，只能让白华尔旦更为难堪。并且，他们所以要来洛桑帐前行使自己的权利，无疑带着对老人、对卓玛意勒的轻慢。作为一面旗帜的洛桑措木的荣耀和作为美丽姑娘的卓玛意勒的骄傲，倏然之间开始动摇了。这在饱经风霜的洛桑，也许是能够经受得住的。而对卓玛意勒来说，这种伤害，简直就是置她于死地。姑娘的自尊在没有得到时，将是永恒的理想，而一旦得到并充分享受过它带给心灵的一切愉悦后，再要丢掉它，那可就变得和生命具有同等价值了。

卓玛意勒怒不可遏，顺手操起马鞭，一抖手腕甩响了它。洛桑老人没有任何表示，没有表示便是允诺。卓玛意勒忽地闪向帐外。

“白华尔旦，快跑！”我禁不住大喊，旋即跳起，跑出帐房，来到草地上。

白华尔旦没有跑，也没有惨叫，任凭自己心爱的女人猛甩鞭绳，不断重重打在他的身上。直到忍耐使他用尽了最后一丝力气，牙齿不由得一松，一阵呻吟带着一口血沫吐了出来。他倒在地上了。

卓玛意勒发出一阵怨怒的笑声，斜睨着围观的大众，瞪眼问道："谁想再尝尝鞭子的味道？"

"我们不会。"有人道，"我们永远不会是软骨头。"

"那就滚开！"她吼道，"想和我睡觉，都去自己的帐房里等着。"

人们敬畏地望着她，等她再次吼一声"滚开"后，便纷纷后退，又快快遁去了。

这时，我才敢走近白华尔旦，扶他起来。他强挣着要走开，我只好随他。在卓玛意勒的瞩望中，他向远处走去。那一刻，我想，我和白华尔旦再也不来这顶黑色涂染的帐房了。在天边，在乌云翻腾的天边，有我们考察队的营盘。荒原，给了我比任何人都要多的自由，自由万岁。我从此便可以有借口、有狠心不再接受卓玛意勒残酷的爱的交换了。我老了，好像已经老了，无力再在爱情面前狂颠了，爱情已经变成历史了。

忘了是哪个先哲的启示——自从有了人，便有了历史。内蕴深邃的环湖荒原，用那富于哲理的牧草、阵风、马群、羊群告诉我：是人替它们创造了历史。而历史又总是在一个男人和一个女人心里开始的，又总是在男人的心和女人的心的碰撞中得以发展的。

我说："那夜，你真的是故意让人家给逮住的？你太傻了。要是你不愿意参加那场争夺，你可以装病。"

白华尔旦躺在我的活动床上，失神地望着我："我没病，我怎么会有病。"

"对对！你没病。"

"我也不怕死。"

我说：“当然，这没说的，你只是想避免一场流血事件。可是，你还是太傻。”

看着他那张苍白而疲倦的面孔，我对我们的谈话索然无味了。我苦苦思索，为他今后的生活设计着各式各样的方案，最后终于决定启发他离开荒原。环湖太贫瘠、太荒凉、太恐怖、太广阔了，而他是一个脱离了人群、畜群的人，孤独会使他寸步难行。我把我的意思对他讲了。他显出简直无法接受的惊诧来。

我说：“唉！你呀，堂堂男子汉，去哪儿不能找条活路呢？”

白华尔旦挥挥手说：“你不要劝我，我有主意。老实说，要不是为了再看看卓玛意勒，我早就走了。荒原这么大，我就不信没有好草场。”

“你要去找草场？”他点点头，把头歪向一边。

我给他掖好被子，出门去找我们的队长。我想，只要队长同意，我就让白华尔旦和考察队一起行动。说不定，在我们撤离荒原之前，他真的会给自己的亲人们找到一块绿草丰美的牧地。

队长夜游未归。他有这个兴致，总想有一只凶猛的荒原野物朝自己扑来，而他力大无穷，并且还有一把锋利的短刀。可自从离开环湖西部后，竟没有一个机会让他试试自己的胆量，似乎他命中注定就不是一个赢得荣誉的人。荒原不再有当年了，野物正在逐渐消逝，连那些随遇而安的毛虫飞蛾也很难觅到了，除了河流的两岸，除了海心山。但那里的一切早已经有主人了——那嘤嘤而鸣的天鹅，那原始古朴的羌人后裔，那逐水草而居的各种生命。

我朝回走去，临近帐房时，看到了一个女人的身影。她朝窗户里窥望，太专注了，竟没有听到身后有人正在靠近。

“干什么的？”

这一声断喝吓得她浑身一颤，扭头就跑。我跳过去拉住她。那一双熠亮的狼眼一般漂亮的眸子立刻柔情地盯住了我：“你不和我们住了？我是来找你的。”

“用不着对我回避，你是来看他的。我不是荒原人，我也不懂女人可以用鞭打丈夫的办法给自己脸上贴金。要说耻辱，你们的土地、整个荒原都有耻辱。可荣耀只属于个别人，包括你的丈夫白华尔旦。没有他，恐怕，你……你的阿爸，都他妈被人放血了。”

卓玛意勒听懂了我的责备，那一双母狼一样闪光的眼睛渐渐黯淡了，身子软软地靠向我。我扶着她，扶进帐房，扶到昏然睡去的白华尔旦床前。

“跪下！给你丈夫跪下！”我小声却严厉地说。

她那样痛快地顺从了，“咚”地双膝着地，手伸过去抚摸白华尔旦的脸。

大概是对她这双手的敏感，白华尔旦睁开眼，迷茫地望着她：“饶恕我，我让你们丢了脸。”

我恼了：“乞求饶恕的应该是她。”

白华尔旦朝我挥挥手：“你不懂，你不是荒原人。”说着要拉卓玛意勒起来。

卓玛意勒拿掉他的手，跪着从袍胸内取出一包草药来，双手捧着递给他。

他接了，马上又还给她：“你起来，把它放在我的头下。”

卓玛意勒照办了，然后回头忧郁地望着我，好像是说：“回吧，跟我回去吧。”

我装作不懂，兀自踱步，没想到，这时白华尔旦会有力气跳起来。他从腰际抽出一把纹饰华美的短刀，默默地逼向了我。

“白华尔旦！”卓玛意勒尖叫着拖住他，但马上被他甩开了。

“你要干什么？”我嗓音骤然提高了。什么样的场面没见过？即使刀尖挑进皮肉，我也不会后退半步。

“卓玛意勒，是你的！你的！你必须回去！”他吼着，浑身打战，刀刃上的银光闪闪烁烁。

“是吗？”我惨然一笑。

他说：“是的，你不能把她扔掉，像扔掉一条母狗。”

我转向惊恐无助的卓玛意勒：“看到了吧，这就是忠于你的丈夫。母狗还记得谁丢过骨头，你呢？你滚！我情愿挨他一刀。”

白华尔旦恐惧地瞪视我：“你在逼我杀人。”

我拍拍胸脯：“来吧！别害怕。挨好人一刀，死了也值得。”

白华尔旦紧抿了嘴唇，露出一丝嘲弄来，双脚稳稳实实朝我迈过来。我明白，过去渴望过的那一刻，生死离别、大悲大喜的那一刻，已经来到了。我攥紧了拳头，心想，如果他一刀戳不死我，那结果就是他丧命。我也朝他逼过去，虎视眈眈的。

可这时，无能的卓玛意勒却朝自己的丈夫跪下了，死死抱住他的腿：“白华尔旦，你这是要我去死啊！你先戳死我吧，戳呀……”突然，她松开手，起身朝外跑去。

白华尔旦愣住了。我没想到，我会先他撵出帐外。

“卓玛意勒！卓玛意勒！”我大声呼唤着，朝前狂奔而去。

大夜静悄悄。这如泣如诉的荒原，这苍凉悲壮的环湖……草场一天天没有了，大湖一天天缩小了，沙漠已经来临，动物正在远去，生命就要结束了。

我们的考察临近尾声了，我们也将开拔，去最后一个作业点卡日大垣。卡日大垣，还记得我吗？还记得当初吗？我跟父亲在你胸膛上翻起道道犁浪的日子。大概是记不起来了。如同你已经苍老垂暮，我也老了，被环湖的豪风、被沙漠的热流熏染得老了。是的，老了，老了，我这个三十七的年轻人哪！为了环湖的绿色，为了卓玛意勒，更为了我的花儿，我说过，我不愿意长大。人活着，就应该有稚童般的狂热和童心照耀的执着。要爱就应该天真。我崇尚天真。可现在,都已经远去了。那远去了的我的执着,我的执着的童心，我的狂热的爱忱。

那天夜里，我撵上卓玛意勒，紧紧抱住了她。我发现在我失去了狂热之后，我陷得更深了。我爱她，真心实意地爱她。而过去，我从未这样坚定地爱过她。我送她回家，用所有能够做到的举动让她明白了我的意思：我还会去找她的，我会踏遍环湖荒原的所有地方找到她的——他们又要走了，逐牧草而去了。他们的爱，在广阔的环湖、在荒原的每一块地方，像小草那样顽强地生长着，却有土壤沙化不住地让它死去。

天快亮时，她送我出门，送了好远。我们是真正的恋人了。恋情超越了肉体的接触，在一个男人和一个女人的心中开始萌发。她异常艰难地搜寻着词汇，告诉我，为了我，为了我们汉族人的习惯，她再也不招惹别的任何一个令她钦佩羡慕的男人了。

“这又何必呢？”我说，却又激动得浑身灼烫。

我发狂地吻她，几乎让她窒息。我甚至忘了我的花儿。是的，该是忘掉的时候了。好不容易我们都静下心来，接着就是告别，一再地挥手，却无法拉开距离。她哭了，那荒原人以流泪为耻、为无能、为懦弱的往古而来的意识，使她不得不旋踵而去。

我望着她的背影——开阔的荒原上，百草枯寂，有一个穿着袍服的女人，在彳亍而行。远了，远了，消逝了。

我朝回疯跑，明明知道白华尔旦不会待在我们的营盘，却仍然要为见到他、留住他而疯跑。我跑进帐房，一头栽向空荡荡的活动床。晚了也完了。荒原上的流浪汉，我的可敬的白华尔旦，你去哪儿了呢？如果我能找到你，我将和你重归于好。

我在茫茫荒原上寻找，我不灰心，我不丧气。尤其是我们来到卡日大垣后，一有时间我就会去叩问每一个牧人："见到白华尔旦了吗？"他们都说："没见过。"

整个卡日大垣已经被黄沙覆盖了。考察已经失去了意义，我们很快离开了卡日大垣，驻扎在河滩一带，一边进行考察总结，一边等候我的朋友到来。可是，在预定汇报的那天，我们等来的却是卓玛意勒。她骑着那匹栗色公马，飞驰而来。临近我们的营盘时，又让马停住，眺望了一会儿，才悠着火烧火燎的邪情野愫慢腾腾过来。

我迎着她走了过去。在她瞅见我的那一瞬，她的手不禁一抖，缰绳落地了。她摁着马脖子跳到地上，那么惊喜又那么紧张地站在我面前，什么话也说不出来。这就好，气魄宏大的荒原背景上，一对儿轻如草芥的情人的邂逅，说什么也不如不说。沉默也是歌，也许是最美妙的歌。卓玛意勒，她也知道含蓄的力量了。

我跟着她往回走。我听到了她的叹息，顿时我对沉默的陶醉被一种忧急代替了："洛桑好吗？牛羊好吗？草场找到了？你们现在在哪儿呢？"

“好，都好，我们在泽曲热巴。”

“泽曲热巴？”

接下来，我便明白了一切：在他们漫游荒原而路过泽曲热巴的那天，别勒人的三个长者来请他们进帐做客。洛桑断然回绝了。对这种带有挑衅的瞧不起，别勒人想进行报复。他们派出最好的摔跤手，要和洛桑的坐骑——那头野性未驯的牦牛比力气。结果，在摔跤手扳住牛角时，灵性的牦牛一扭脖子，便将他甩了出去。要不是洛桑及时拉住缰绳，小伙子准会丧命的。别勒人说，洛桑的牦牛给洛桑争回了声誉，他们再也不配做泽曲热巴的主人了。

“他们这是有意想把草场送给你们哪。”我颤声道。

卓玛意勒倏然停步，倔强地摇头。

我说：“别不承认了。”

她突然显得异常惶怵，用那油腻的皮袄袖筒捂住了我的嘴。我明白了，这应该是个谜，谜是不能戳破的。世界到处都是谜，荒原本身就是个谜。没有了谜，世界该多么单调乏味。而最有魅力的谜，只在男人和女人的心里。

我带着这种透明而脆弱的只能让天光湖光照射而经不起大冰碰撞的忧伤，又一次走进了这顶黑礁般沉重而古旧的帐房。“哗”的一声，卓玛意勒的皮袍落地了。我讶然不动，好像面对着一个陌生女人，好像又回到了第一次看见她裸体的那个时刻。是的，离别数月，她又变了，新鲜了也更加妩媚了。

“来呀！”那一对分外妖娆的胸脯上的隆起物、色泽诱人的皮肤、扭动的姿影，都在对我说。我“咚”地撂下正准备盛茶的碗。“冲上去！”我对自己喊道。就在我自己给自己鼓劲的一刹那，卓玛意勒忽地扭转了身去，光溜溜地闪向帐外。

我吃了一惊，好半天，才听到有孩子的哭声从外面传来。

我紧忙出门："谁的孩子？"

"我的。"卓玛意勒得意地说，"阿爸给我抱回来的。"

"是洛桑捡的？"她笑了，告诉我，这孩子是阿爸和他的情人生的。

我哑然了。孩子很丑，像个小猿人，但依旧是她的掌上明珠。我有点儿嫉妒了："要是我在野地里遇上他，也许会把他当作一只猴子掐死的。"

她吃惊而愤怒地瞪我一眼。我们回到帐房里，她穿上皮袍，把孩子贴肉抱着，坐了下来。

"别生气，我是开玩笑的，我怎么会掐死他呢。"我坐下，兀自斟茶喝茶，眼睛却又一次扫向那孩子："啊！骡子，是你的父亲能认出你呢，还是你的母亲能认出你？"

"啥？你说啥？"她问道。

"萨马里亚箴言。"我说。

她自然没有能力接我的话茬，又不吭气了。

我感到憋闷，问道："白华尔旦回来过没有？"

"回来？他怎么能回来！"

"那你看到过他没有？"

"半个月前看到过，他说他要上海心山。他说那里有两人高的牧草，一年四季不枯不黄，白天吃了夜晚长。"

"可他怎么上得去呢？他既不会水，也没有船。"我说。

她沉默了，郁气撵退了脸上的红晕。又是愁绪，绵绵不尽招之即来的愁绪。我的心境恢复到了我刚进帐房时的那个样子，也顿时感到了我对白华尔旦的深疚。我应该是多余的。对她，对他们一家，对整个荒原来说，我只不过是个可耻的随时起着破坏作用的“第三者”。我抬起从来没有这样明亮过的双眼，怅怅地顾盼，才觉得我应该记住许多了，包括突然出现在这顶帐房里的彩色张贴：

优美而肥壮的奔马，年轻的天使般白净的骑手，仙女绝色的面孔上铺满了阳光，素袖飘逸，悠悠然飘向梅花鹿典雅的茸冠——一张《吉祥如意》图展示出一个世界：天国——牧家的心灵天地——观潮山上的天葬场所通向的那个地方。在它的旁边，是另一张色彩斑斓的画：《两种红色的聚会——一九三九年红军领导人会见格洛活佛》。中间两个人对坐，下方是列队的红军和比红军还要整齐划一的红袈裟的众喇嘛。这一刻，我突然悟到了牧人所敬仰的两种神力——由双肩扛起的和用心尖托起的，外在的和内在的，都被天鸽和金毡银毯所包围，用装饰性极强的构图显露了一些也秘藏了一些。

而在它们对面，是另外两张图画：持矛挺身在马背上的岭格萨尔王和格萨尔赛马称王并选贫牧女珠牡为妃的情形。那肃然而立的武士，那手捧氆氇虔心以敬的牧人，那湿漉漉流绿凝碧的草原，昭示了荒原牧家先民们的壮猛风土和尚武习性。

也许，这才是洛桑和别的荒原人所赖以生存的精神营养，像大湖一样固定在他们的生活中，又具有创世纪般的悠远。可我宁肯相信，这不是为了怀念而绘制的历史，而是他们对未来理想生活的憧憬。

我望着卓玛意勒，不禁长叹一声，马上又提醒自己：我还应该记住，过去的日子都是好日子，因为有了她。

她像一首情绪诗在我面前清溪般流淌，柔肠百转。我就在溪边濯足，夤夜不息地吮吸着浓郁的野芬。她的眼睛是炽热的，烤得我周身发烫；棱鼻梁是刚毅的，感染得我也成了刚毅的一部分；嘴唇是变幻多姿的，冰凉时，我会想着去暖热它；温热时，我会凑过去挖掘她心里的激情。而她的胸脯、她的硕臀、她的大腿，可以称得上是生命繁衍的祖母。它们让男子汉一扫胆怯懦弱，不怕死亡，奋身向前。她可以治好大自然的阳痿病，甚至盘古开天、众神创世的那个年代，正是由于她的存在，才划分出了男人和女人的界限。那些吸取了宇宙间阳刚之气的神，只有面对她时，两腿之间才会勃然而起，把一座座青藏高原的山，幻变成一座座不可征服的崛起的纪念碑。

是的，这一切，我都要牢牢记住，活着，就应该记住。

我站起来，用一种随便转转的悠闲姿态步出帐房，又大步前去。卓玛意勒，但愿你不要误解我，我不是因为讨厌那孩子才这样偷偷离去的。我要去找白华尔旦了，海心山上的白华尔旦，卓玛意勒的白华尔旦。

尾 声 开 湖

前面就是黑马河了。从河口眺望，七十华里外，便是突兀的海心山。

海心山，龙驹岛，留下多少往古的梦思——沙僧变鼋，驮白龙马去岛上食仙草。仙草有灵，让白龙马立时生下一匹雪白的灵光环绕的龙驹。糟糕的是，传说让真实变得虚假，环湖草场上真正的龙驹却被人们遗忘了。在吐谷浑王室放牧和繁殖名马的那个时代，吐谷浑主的马官哲贡，趁隆冬青海湖封冻之际，放牧于牧草葳蕤的海心山，翌年春季冰融前赶出，母马都已有孕，所产幼驹，个个神骏善走。真龙驹——青海骢——千里马——益西拉毛，一线单传。白华尔旦是聪明的，所有能上海心山的人都是聪明的。

跑啊！益西拉毛，也许在黑马河口，我们能望到你那英武而睿智的主人。益西拉毛明白了，它突然朝右拐去，一声悠长而悲凉的嘶鸣，让我心跳加快。

我看到了，真正看到了白华尔旦。在一片被水浪打湿的滩地上，他横卧茫茫大野，仰面高高青天。他说："季子正年少，匹马正貂裘。"他说："死去何所道，托体同山阿。"他说……他轻轻叫了一声益西拉毛的名字，向它投来心旷神怡的一瞥。

益西拉毛容忍过主人的歧视、凌辱和几乎被遗忘的冷落，主人的种种不好对它来说似乎不值一提。此刻，它理所当然地忘记了它所以奔驰的原因，合着黑马河"哗哗"流淌的节拍，在白华尔旦的身边来回驰骋。它是多情而善良的，主人给它的不过是温存清澈的一瞥，就已经洗掉了它身上和心上的所有痛楚和悲戚，如同卓玛意勒用一碗白花花的奶水就可以获取男人奴仆一样的忠诚。

啊！荒原，在它的荒凉之上，到处氤氲着我们的忠诚。而白华尔旦，也正是在枯寂之中建起了他丰碑一样的忠诚。走吧，益西拉毛，不要这样对谁都多情，不要这样踟足徘徊了。比如，对我，你就不应该原谅我对你昔日的冷漠。我又一次举起了鞭子。益西拉毛不再悼念它的不明死因的主人了，四蹄扬起，好一个历史性的跃动。它是明白的，徘徊会使它即刻倒地。

草原大如天，在它伤痕累累的怀抱里，深镌着淳朴的母马精神。我的益西拉毛，浑身大汗已干，碱渍斑斑，速度却骤然加快了，像冲刺，像去迎接高原厚土和慷慨的高原人捧给它的一个世界。这世界中有被爱者滂沱的眼泪和石壁般凝固着的歌声，有比眼泪更多情的生活的佳酿。益西拉毛的世界，自然也是我的世界。我咬破嘴唇，勉力直起腰，疲倦地瞩望，猛然发现，不远处的那个绿色高冈后面，立着几顶帐房。那儿有一个美丽野性的姑娘，人们经过了她的帐房，都要回头留恋地张望。

“万岁！我的益西拉毛，益西拉毛的母马精神。”我大叫着，双眼一闭。于是，整个希望便被挤出了脑海。轰然一声，我的整个身子开始急速旋转，像一整天的马背上的旋转。我倒了下去，落地了。我想，这次，我真的死了。可为什么我的身子还在移动呢？

我费力睁开眼：益西拉毛，我们的母马，就在前面的帐房边，身旁是两个活蹦乱跳的小马驹儿。突然，两个小马驹儿钻到母亲的腹下，贪婪而急躁地吮吸起来，不时掉掉身体，用小蹄子踢踢母亲发抖的双腿。

那被吮吸的奶头渐渐小了。益西拉毛支撑着身体，支撑起奶头的四条腿，不停地颤动着，越来越猛烈。蓦地，它重重地倒了下去，好一声沉重的轰响。

人影朝那边蜂拥而去。我也想过去，可我怎么也挪不动双腿。

“卓玛意勒！”我大喊一声。

我的卓玛意勒，她就在我的身后，抱着我的腰身，满脸全是眼泪。

“益西拉毛！”她轻轻地叫了一声，“益西拉毛，它死了！”

死了？益西拉毛死了？啊，它死了，我们的千里马死了。在看到它的两个孩子之后，在让孩子吸干了聚攒着全部母爱的奶水之后，它倒了下去。是的，我明白，它会累死的，可它为什么要累死呢？它就这样累死了，我们的千里马，就这样累死了，被激情的液体、爱情的奶水催逼着，终于累死了。这样的死是为了坚定我的爱，直到我有这样的信念：死在青海湖环湖的高寒旋风里，死在湖水渐渐缩小、草原迅速沙化的悲哀中；也为了让我有勇气乞求我的人类朋友：不要利用这种爱，更不要践踏这种爱，不要随意让我们的爱耗尽热量，也不要让这种爱成为满足你的某种欲望的牺牲，而最最重要的，是拥有这种爱。

我紧紧抓住了卓玛意勒抖动的手，吃力地站了起来。

我看到我的朋友了。在浑厚的大荒原的背景上，在高寒带混淆了初冬还是深秋的风声里，他瞩望着高原大湖。壮阔的景观以及他身后那一片黑乎乎的虔诚的拥戴者们，使他那矮胖多肉的身躯显得飘然欲坠，渺然小矣。欲坠的、渺小的竟然也有我的花儿。我的花儿，你堕落了，凋谢了，再也不会含苞欲放、姹紫嫣红了。

我朝他们走去。我明白，他们未必相信环湖奔驰的真实性，即使相信，也未必放弃他们对荒原的征服欲。益西拉毛的一千里奔驰，一开始就注定了悲剧的结尾，但我仍然要向他们走去。

我说："我们的母马死了，千里马死了，你们怎么还不死？难道我们的环湖、我们的草原，就要毁灭在你们的存在当中？你们是些什么东西？你们没有眼睛，你们永远看不见环湖的真实面貌：草场一天天贫瘠了，沙漠一天天扩大了，河流一天天干涸了，大湖一天天变小了，裸露的盐碱的湖滩、裸露的盐碱的湖底，一天天多起来了，到处都是光秃，都是破坏，牛羊越来越少了，牧人越来越穷了，几乎吃不饱肚子了，而你们还要开荒，还要办农场，还要加剧草原的退化和消逝，你们到底是不是人哪？"

我一口气指责了这么多。我的朋友张口结舌，气得脸都绿了。而我的花儿却对我说："你不要这样对待我们，我们也很难过，它真是一匹了不起的马，如果它不死……"

我的朋友马上打断了她的话："它虽然一口气跑完了一千里，

但是它累死了，所以它不能算是真正的千里马，我们的开荒计划还是不能取消。”

我说：“我知道你会这样，因为你是愚昧的是无耻的。”说罢，我就离开了他们。

我的花儿冲我喊道：“你不要有什么想不开，其实开荒的事情也由不得我们，就像你父亲，你父亲当年的垦荒不是也由不得他自己吗？”

啊，父亲，父亲，垦荒的父亲、毁坏了草原的父亲已经死了，为了挽救环湖、挽救绿色的我们的母马也已经死了，而我却活着，如此健康地活着。我不理睬我的花儿，兀自前去，迎接我的依旧是那顶黑色的牛毛帐房。

真有你的，倚门而立的卓玛意勒，即使在今天这样的晚上，你也没有终止你的歌声。刚硬尖亮的嗓门里，奔放而出的你那高亢的忧伤，使我狂癫的脚步变得稳实了。

青青的草，迎风好比波浪漂，
远去是鸟儿，归来是羊羔，
草原好，马儿高，
羊羔马儿吃的是一滩草。

可我要问的是：在这悠长的情歌里，在这历史和现实的衔接处，在这古老而深广的荒原的背景上，我们和我们的益西拉毛扮演的是什么角色？

我停住脚步，痴望前面。卓玛意勒没有向我招手，更没有给我捧来滚烫的奶茶。她隐进帐房，快快拉紧了门帘，只给我的脑海留下了一双明亮的眼睛，和青海湖中那星辉的映射一起，洞彻了我的心。我悲哀，又有了一种松快感：再见了，卓玛意勒。反正，你已经是母亲了，我就可以坦然离去了。

青海滩头，大夜沉寂，伫立着一个四顾八荒的强悍的草原之子。无声的月华鸣奏起的安魂曲中，我听到了一声卓玛意勒惊骇的惨叫。

我跑过去，一把撕开门帘。洛桑不在，和酥油灯的火苗一起颤动的只有她。随着她恐怖的目光，我看到了那个孩子。我扑过去，吃惊地不知说什么好。卓玛意勒，你怎么能这样干呢？我抱起孩子。孩子“哇”的一声哭了。鲜嫩的脖颈上烙印着鲜红的指痕,卓玛意勒，这头灵性的母熊，这条由人类意识支配着的凶狠的母狼，居然想把孩子掐死。

“我宰了你。”我吼道。

她凝视着我，脸上挂着惊惧之后沉重的安详。

我长叹一声，放下还在啼哭的孩子，沉思着坐在毡铺上，谛听她大起大落的喘息。片刻，她朝门外跑去，什么声音都消逝了，只有远处大湖涌动的波浪骤然咆哮起来。

我追撵而去：“卓玛意勒！”

青海滩头，大夜如盖，这苍凉的四野八荒啊，有豪风缓缓爬行。我的凄厉的喊声，我的孤独的脚步声，我的忧伤的寻觅的目光，我的和月光一样惨白迷人的愁绪，一下子被大湖表面昂扬激奋的律动咬啮得七零八落了。疾驰的荡天拍地的水潮使她木然而立。

我跑过去，抱住她。在浪漫而狂放的湖音的节奏里，在荡魂荡魄的力量面前，我紧紧抱住了她。我的卓玛意勒，我的母熊我的猛豹我的青青海水一样让人害怕也让人痴迷的女人，难道你明白了我不愿意做父亲的想法？难道你的率真使你从益西拉毛身上看到了推动生命发展的力量？难道你真的不爱孩子，真的意识到了孩子不是你的爱人感情迸放出的火花，不是你和我的结晶？

洛桑来了，无声地站到我们身后。我只好压抑着随时都会爆发燃烧的感情，轻轻拉转了她。前方，那在夜色中沉浮的黑礁般的帐房，是鹰的堡垒。

我想睡觉。在生活的跑道上，不是所有人都在跑，不是所有跑的人每时每刻都在跑，不是所有不跑的人和不跑的时刻都属于迷惘、停顿、沮丧、颓废和怯懦。我不再跑了，我想睡觉。卓玛意勒，来吧！我心爱的女人，快快脱去衣袍。我的母熊我的库库诺尔我心爱的女人，来吧！我要拥抱你。你说过，在蒙古人的语言里，库库诺尔的意思是青色的海。可是，青海湖还有一个名字：赤秀洁莫——万户消失于女神王。来啊，卓玛意勒，快来啊，我要拥抱我的女神王。

我又一次想起了那给我留下深刻印象的神秘恐怖的密宗院，也想起了我在被我的花儿赶出她的宿舍之后，在凉水浇透了的阴湿的床上读过的藏族学者对密宗“欢喜佛”的最新考证：那黑脸红眼绿舌头的狰狞的大威德怖畏金刚，并不是佛门逆子，而是最有佛性也最有力量的护法神，他怀中裸体的女人也不是大慈大悲的观音的化身，而是魔障的有形表现。为了使有情众生都能脱离欲场，护法神怀抱阴体，想将她一口吞食。

啊！女人，你真的是荒原的魔障吗？你真的是人类邪门歪道的象征吗？在黑色而神圣的帐房里，我在心里大声问着自己，和卓玛意勒紧紧拥抱了。

在人类的结构架上，作为骨干支撑线之一的，是死亡，是对死亡的敬仰，是历史的悲剧性的庄严和仁慈，以及悲怨掩盖下的狂喜狂跳、狂歌狂舞。人死了，也就是说他的生命才刚刚开始。他以死作为解脱世间苦难的最高招数，目的是让灵魂飞升而去。乐园和幸福永远属于必须背叛肉体的那个灵魂。我没有理由把自己用哀痛的樊篱禁锢起来。我必须以笑代哭，以歌代嚎，以劳代逸。

我和洛桑赶着牦牛，将白华尔旦从黑马河口驮回来了，又派人去密宗院推算好了天葬的吉日。吉日让我们等了几天。等到青海湖被一阵突袭而来的寒流刷成白色的冰面之后，才将益西拉毛和白华尔旦全都捆成念佛的样子，用三头牦牛驮着，连夜启程，直奔天葬场的观潮山。

观潮山由青海南山雪峰延伸而来，一面临水，一面靠着荒原。山名起于隋炀帝西征时，沿袭至今。一路上，除了卓玛意勒忍不住的低泣外，别的人已经顾不上哀恸了，因为我们必须遵从神的意志在日出前赶到天葬场。荒原人的意识是古老的，我们甚至可以从古希腊人对原初时代和人类灵肉的解释中，找到荒原人的现代意识。而我这个忧伤不足沮丧有余的外来人，也只能无条件地顺从他们，顺从他们按照人的情态创造神的愿望的全部做法。可惜，我的花儿没有来。她应该看看荒原人的天葬。可以说，不了解他们的葬礼，也就不会从根本上了解荒原人。因为整个葬礼过程，几乎是他们的历史缩影。

面灯点着了，桑烟升起了，召唤秃鹫来食的螺号声凌空而起。面湖的山脚下，超度亡灵的人们盘腿而坐，洪亮的经声响起来，这本来应该由密宗院的活佛承担，但不知为什么他们没有来，木鱼诵经之声只好由洛桑等众信徒替代，于是便少了许多威仪和神秘。

秃鹫来了，大约有 30 只，在空中盘旋，好长时间不肯滑翔下来。焦灼使卓玛意勒忘记了悲伤，她比任何人都提心吊胆地翘起着下巴，恨不得自己就是一只母性的秃鹫。

而这时，从大湖深处迷迷蒙蒙的雾岚中，飘来一层雪白的云朵。近了，是一群寻找依托的天鹅。它们先于秃鹫落到了山顶的岩石上，"嘎嘎"高叫。不知为什么，秃鹫们退却了，越旋越高，和白云一起远逝，终于不见了踪影。

经声顿然消失了，人们惊慌失措，问洛桑是凶是吉。

洛桑不语，他的帐房里那张《吉祥如意》图中就有天鹅翩然起舞的造型，那是天国幻景。而眼下，不就是天国派仙鸟来迎驾吗？可是，灵魂升天历来要借助秃鹫，不然，灵魂就会滞留不去，死者也就无法转世了。这个经多见广的老人，这时却失去了任何判断能力，不知道怎么办好。

我眺望着秃鹫消失的地方说："怕是要起风了。"

洛桑用恍惚乏神的目光瞪我一眼，看着那群天鹅在岩顶上鼓羽翻飞，长舒一口气，又开始合掌念经。

"嘎啦啦啦……"一阵巨响从远方传来，青海湖的冰面上顿时有了立体的褶皱。

"开湖了！"我大喊。

没等所有人惊醒，那褶皱便垒起层层冰坛，随着水浪和飓风滚滚而来。

"快跑！"洛桑惶惶然的喊声给了牧人们攀缘山体的自由。

我没动。我一下子明白了，我等待的就是这样一种时刻——大自然赐给我一个落日一样壮逝的机会。而她，卓玛意勒也好像明白了什么，抱紧那个差点儿被她掐死的孩子，硬是贴紧了我，紧张的喘息在我耳畔“呼呼”响起。

冰块上岸了，雄浑的吼叫直冲人身，冰坝在瞬间垒起，又被一阵更加猛烈的冰的崛起顶翻撞倒，眨眼就被覆盖了。耸立面前的是一座嶙峋狰狞的山脉、一道冰块浇筑的厚障。湖中，水浪看不见了，但它无时不在地将冰层托起，撞向冰障。被冰障碰碎的冰块上天入地，豪迈而无情地砸向了我们。

我拉转了卓玛意勒，抽身就走。在高高的浑厚的冰障轰然崩塌、又一阵冰的板块从湖面浩荡而来时，我已经把她拽上了一面三丈高的山崖。

这时，我听到了身后人们嘶哑的吼声：“上来！快上来！”

洛桑措木颠过来了，向我伸出了愤怒的妄自尊大的巴掌，想打，又一把攥紧了我的衣肩。

“阿爸，不要管我们。”是卓玛意勒的请求，那么诚实、凄婉。

我后悔了。我为什么希望她在我身边呢！真正的雄鹰永远是孤独的。

“快去山顶，快！”我朝她吼道，看她不动，只好拉她同行。

身后，严酷的威势赫赫的开湖还在进行，蓬勃向上、充满活力的冰块还在爆起。冰障移动着，沉稳有力而所向无敌。观潮山，挺身湖畔而骄傲孤独的观潮山，终于开始颤动了。碎石从山顶峭壁上“唰唰”落下。从中更新世时期到现在的三百万年间，观潮山从来没有动摇过。即使在十三万年前的那次青海湖由外流湖变为内陆湖的大动荡的造山运动中，它也安之若素，像个清癯乐观的长者，饱览了地貌地物可歌可泣的隆起和消逝。可今天，在雄壮的开湖乐潮里，在冰浪和水浪交织的大湖的悲歌中，它似乎就要崩塌了，倒在血色的湖光和冰色的乌有之中了。

“快！离开这里。”我对洛桑说。

“秃鹫，秃鹫呢？”老人仰面天空，天空什么也没有。他狂妄地立定脚跟，傲然不动。我感觉到的却是空虚和尤怨。

这时，我听到了我的花儿的呼唤，从观潮山背面我们凌晨上山来的那条小路上传来。她终于还是来了。可是，我没有任何权力在此时此刻让她伴我经受死神的挑衅。

我跑过去，截住了我的花儿。而卓玛意勒、洛桑和那些牧人们依旧威武地挺立在山顶，迎风守护着死去的益西拉毛和白华尔旦，守护着观潮山。我急了，就要朝上跑去，却被我的花儿拦腰抱死在那里，一步也无法挪动。

观潮山没有倒，巍然耸立着，任大冰大浪砸击坚实的身体。大湖被激怒了，将冰块一层层朝上推去，顿时淤住了观潮山的脖颈。紧接着，又一个巨大的冰峰崛起，观潮山没顶了，漫天冰浪盖住了牧人们威武的群像，盖住了为寻找牧草而死的白华尔旦，盖住了为捍卫绿色而死的我们的母马益西拉毛。远处，大湖漫荡，如黑云冉冉而来，也送来了高古的创世年代的悲壮旋律。混沌荒风、原始水浪、恢弘的地平线、立定脚跟的观潮山——黑铁色的上帝、无边的地壳板块、和大气层一样厚重的坚不可摧的寂寞、茫茫天穹下奥博辽远的大荒原—— 一个神话世界，一个密宗天地。受孕于人类的大湖在石破天惊中托出了新生的荒原女神，冉冉而来，如黑云冉冉而来……

后记

青海湖——断裂和崩溃之湖

“青海湖是我国最大的内陆咸水湖，面积为4427平方公里，湖面海拔3197米，最深处38米。湖中有5个小岛，以海心山最著名。”这是1966年4月版的《中国地图册》有关青海湖的介绍。

在这里我想说的是，青海湖会不会永远都是中国最大的咸水湖？会不会它现在已经不是了呢？或者说，即使它现在还是老大，那也是逐渐缩小走向衰弱的老大，用不了多少年，老大的地位就会拱手相让了。谁也无法阻拦这个自然地理的悲剧按照它应有的逻辑发展下去。令人无可奈何的趋势中我们看到的情形只能是越来越小，越来越小，直到消失。实际上作为古大海的遗存（也有人认为是三百万年以前，因地层断陷产生洼地积水而形成的新构造断陷湖泊），青海湖的历史一直就是一个越来越小的历史。1988 年，中国学者和瑞士、澳大利亚学者合作研究青海湖古气候特征时，在湖畔黑马河边一米以下的黄土层中发现了十余件以刮削器为主的旧石器和骨器以及大量的炭渣、灰烬、贝壳，经确认这些遗物的形成年代距今有 11000 年左右，它出现在高于青海湖现在水位 100 多米的黄土阶地上，说明那个时候青海湖的水位比现在至少要高出 100 米。远古的人类居住在湖边的洞穴里，渔猎为生，繁衍生息，不知道有没有想到他们面对的那座大湖和人的生命一样，也全然不是永恒的。

面积的缩小是不可扭转了,那么湖中的小岛呢？是不是如同《中国地图册》介绍的那样永远都是“有 5 个小岛,以海心山最著名”呢？会不会现在已经不是了呢？是的，已经不是了。其中崛起于湖西水中的鸟岛早就和陆地连为一体，不再是真正的岛屿，只能算是半岛，或者连半岛也算不上，只能算是一片湖岬或一片滩涂了。由于湖水沉降，湖中的小岛即裸出湖面的礁石渐渐多起来，甚至连湖体都分裂成了几个以上。1985 年我发表了中篇小说《大湖断裂》，虚指道德断裂，实指湖体断裂。当时有人公开指责我：你这是胡扯，青海湖环湖一周一千里，这么大的湖怎么会断裂？直到 2001 年底，才有人告诉我：你没有胡扯，你说对了，青海湖真的断裂了。他提供给我一条发表在 2001 年 10 月 23 日《京华时报》上的消息,消息说:“中国社会科学院盐湖研究所特约研究员、博士生导师马海洲在研究青海湖卫星影像图时惊奇地发现，举世闻名的青海湖分离出了两个新的子湖。”（加上原来紧贴湖东岸的尕海和耳海，现已有了四个子湖）该消息又说：“形成子湖的原因是湖水下降，湖底逐渐裸露，加上风沙侵袭，逐年形成了一条沙堤。”其实子湖一说纯属美化，说白了就是由于生态遭到破坏，湖床凸现，青海湖从中间断裂了，断裂成好几个湖了。时间终于证明:“大湖断裂”不是虚妄之言;时间还将证明，大湖会继续断裂下去，断裂成许许多多个子湖，然后飞快地消失在人类还有时间为它凭吊为它伤逝的日子里。

青海湖日益缩小和日益破碎的原因不外是生态环境的急剧恶化。这样的恶化既有天灾也有人祸，更多的则是天灾和人祸的联袂——人祸诱发了天灾，天灾扩大了人祸，总结起来无非就是以下三个方面：一是全球气候变暖，青藏高原上空的臭氧层黑洞兴风作浪，使得湖水的蒸发量与日俱增，好比有一只巨大的勺子不断舀起湖水泼向城市和陆野，虽然是“物质不灭”，但湖水一旦泼出去就不是水而是泥而是气而是废物了。二是雪山消失，冰川退化，作为水源补给的大小近 80 条河流 80% 已经干涸，主要供水河布哈河、乌哈阿兰河、沙柳河、哈里根河、甘子河、倒淌河、黑马河有的已是半枯状态，有的经常出现季节性断流。三是环湖草原牲畜严重超载，加上大面积开荒种粮种油，湖区人口不断增加，天然灌木林遭到严重破坏，原始的生态荡然无存，水土保持已是毫无可能，致使土地沙漠化的速度惊人，蔓延之势不可遏止。鸟岛四周二十年前还是一片野秀峥嵘的草场，现在已是风过沙起，黄尘一片；大湖南部靠近黄河的地段，无边的荒漠早已经代替了无边的草野；大湖北岸海晏沙漠的膨胀扩大更是来势凶猛，飞来的沙山座座相连，聚浪成海。在沙漠肆无忌惮的吞噬下，浩瀚的环湖草原岌岌可危，淼茫的青海湖岌岌可危。

2002 年夏天，当湖南电视台绿色传媒节目的制作者面对青海湖触目惊心的生态危机而寻找历史踪迹的时候，有人告诉他们，你们读一读《环湖崩溃》吧，那上面早就预言了青海湖的今天。几乎在同时，作家陈士濂撰文指出:“提到青海湖,《环湖崩溃》绝不能忽略。这部展示荒原人性的作品既是寓言，也是预言，它以振聋发聩之稀声,向世人提出了警策。”《西海都市报》记者祁永年在该报发表《拯救青海湖》一文，文章第二节的小标题便是“环湖崩溃”。他写道：“《环湖崩溃》17 年前问世后，许多人认为它近似寓言，但这种寓言如今被现实地摆在了人们面前。生态危机是青海湖不能回避的现实。”1987 年发表的长篇小说《环湖崩溃》是我以青海湖为依托忧患人与自然关系的一部作品，我在这里提到它并不是因为它有多么了不起，而是这部作品的确已经和青海湖的命运联系在了一起，破坏过青海湖生态环境的人，同时也参与了对这部作品的指责。他们说它“歪曲了历史,侮辱了草原”“夸大污点,耸人听闻,看不到美好,悲观主义”等等。遗憾的是，仅仅过了不到二十年，这部作品所依据的破坏生态的事实已经十几倍、几十倍地扩大了，环境的“崩溃”在我们极不情愿的时候成了现实的一部分。而《环湖崩溃》只不过是让我们有机会看到了青海湖走向衰弱的历史，看到了真实的穿透力竟是如此强大，以至于多少年以后，我们还会感到它那刺人心肺的锋芒。青海湖以及辽阔的环湖草原的人为破坏早在 20 世纪 50 年代中期就开始了，草原退化、荒漠增加、河流枯竭、水位下降等等问题只不过是一个日甚一日的发展过程，它的结果必将是大湖的干涸和物种的灭绝。已经不会太遥远了，我们将站在卵石累累的老湖底，无可奈何地说一声：永别了，青海湖。

同时永别的自然还有湖中的湟鱼。湟鱼学名叫裸鲤，是著名的高原冷水鱼种。由于水体的寒冷、缺氧和高浓度的盐碱，以及几乎没有藻类植物作为饵料，全靠水本身的营养维持生命，湟鱼生长的速度非常缓慢，差不多十年才能长一斤，一年只能长一两。过去，居住在环湖地区的游牧民是从来不惊扰鱼类的，甚至为了防止进入河中产卵的湟鱼被马踩死，过河时总是弯腰用鞭子轻轻抽打水面。但是后来，从 1980 年开始，湟鱼资源惨遭破坏的警报就频频传来：鱼越打越少，越打越小，渔政人员遭殴，湟鱼面临洗劫。洗劫湟鱼的不光有本地的农民，还有成千上万来自四川、河南等地的偷捕者，他们使用严令禁止的底拖网进行铁壁合围似的扫荡，不管大鱼还是小鱼，几万斤几万斤地往外倒卖。湟鱼每年夏天都会进入河道在淡水中产卵，产卵时节，布哈河、沙柳河、哈尔盖河、泉吉河、黑马河等主要河流都会聚集大量的亲鱼。偷捕者就在这个时候下网，一网就是上千斤。中国人最气恼的就是听人家骂他们断子绝孙，可是他们干的却尽是让人家断子绝孙的事儿。有些人做得更绝，他们在河的上游拦河造坝，致使下游枯竭，半米厚的死鱼铺满了长达十多公里的河道。我看到和听到如此悲惨的情形，每每都会发出这样的感叹：这些人怎么这么坏啊，这么坏的人怎么不遭报应呢？大概是时候没到吧。

青海湖是国际七大湿地保护区之一，是鸟的天堂，有鱼鸥、鸬鹚、斑头雁、棕头鸥等等，它们多数是候鸟，是来青海湖畔生儿育女的。可是现在湖里的鱼越来越少，大鸟的肚子都吃不饱，怎么还能拉扯儿女呢？鸟类正在逐年减少，本来以青海湖为落脚点的候鸟很多都已经飞到更加遥远高旷的藏北湖泊中去了。这样的情况如果再逆转下去，过不了多久，著名的鸟岛（如前所说它已是一片湖岬或一片滩涂）就会因为荒无鸟迹而成为一个历史的名词，成为一种写进书本或讲给孩子们听的老一代的记忆。

但是且慢，要是真的到了那个时候，人类的记忆里伴随着“青海湖”和“鸟岛”也会有“罪恶”这个词汇——是谁的罪恶造成了如此败坏的后果呢？是人的。是哪一些人的？是那些缺乏自然良知的人的，是直接参与了破坏和决策了破坏的人的——他们是灾魔之源，是罪恶的邪祟瘟疫，是人类的记忆里那被诅咒被鄙视被同仇敌忾的一部分。

青海湖是“青藏高原生态环境的心脏”。青藏高原的“心脏”已经受到了严重的损害，而我们能做的，也仅仅是期待——我们期待着手术，期待着成功，期待着恢复。手术的时候，或者即将手术的时候，或者手术即将失败（这或许是一个谁也无法挽回的必然）的时候，我什么也不想说，只想说说青海湖的名称，只想在她去世之前提醒大家牢牢记住：她的名字曾经是一个象征，是一个美丽的梦想，是历史上所有伴它为生的人的神圣的心念，是自然最富魅力的呈现。

青海湖原来叫青海。因为青海的存在，才有了“青海省”这个名字，也就是说，“青海省”是由“青海”派生出来的。派生出“青海省”（1928年）以后，为了和“青海”有所区别，就在“青海”后面加了一个“湖”字，变成了“青海省的湖”，这就好比儿子起了一个和老子同样的名字，为了和自己不重样，硬是改变了老子的名字——我们人类做事，总是有些蛮不讲理的。青海在古代，还有另外一些称呼：汉代人称为“西海”，西方之海的意思；又称为“仙海”，《汉书·地理志》上说：“金城郡临羌西北至塞外，有……仙海”，有仙海必有仙山，“海心山”就成了“仙山”。古羌人则称青海为“卑禾羌海”;鲜卑族迁居此地后又称为“鲜水海”。藏文史料称之为“措温布”或“安木多”,都是“青色的湖”的意思。神话中又把它称为“赤秀洁莫”，意思是这片泱泱水域是女神王发怒，让泉水从大地中涌出，淹没了万户人家以后才形成的；简洁地说就是“万户消失于女神王之水”。唐代藏文史料还曾把环湖草原称为“域扎西雅莫”,意思是“吉祥的盛夏草原”。元代蒙古人进入青藏高原后，又称为“库库诺尔”，意思是“青色的湖”。

青色的湖，怎么就不能是永恒的湖呢？

杨志军